KB007745

좋았던 7년

The Seven Good Years

이봄

어머니께 바칩니다

일러두기
본문 중의 주석은 모두 옮긴이주입니다.

책머리에

한 작가가 저서를 가리켜 자신에게 특별히 중요한 책이라고 말해도 큰 의미를 부여할 일은 아니다. 책 한 권이 존재하려면 으레 한 사람에게는 특별히 중요한 책이어야 한다. 운이 좋으면 그 사람은 독자 중 한 명이 되겠지만, 그렇지 않다 해도 걱정할 필요는 없다. 아들을 자랑스러워하는 아버지마냥, 자기 책이 나온 것을 보고 신이 날 작가는 항상 있기 마련이니까. 나는 네번째 책을 쓰던 때에 이를 처음 깨달았고, 그래서 지금은 그런 말에 별 의미가 없다는 것을 잘 알고 있다.

하지만 이 책은 내게 정말로 각별한 책이다. 글을 쓰기 시작한 지 이십오 년여 만에 처음으로 쓴 논픽션이기 때문이다. 세상에서 내게 가장 소중한 사람들에 관한 책이기 때문이기도 하다. 또한 작가로서 나를 새롭고 낯선 영역에, 상처받기도 쉽고 친밀감을 느끼기도 쉬운 영역에 자리잡게 해주는 책이기 때문이다. 이 새로운 영역에 들어가는 것이 몹시 두려워서, 이 책을 모국어(히브리어)로 출간하지 않거나, 혹은 내가 사는 곳(이스라엘)에서 출간하지 않고 모르는 사람들하고만 나누려는 생각도 해봤다.

내가 아는 한, 내게는 두 가지 종류의 이야기만 존재했다. 친한 친구들과 이웃에게 하고 싶은 이야기, 그리고 비행기나 열차에서 우연히 옆자리에 앉게 된 사람에게 하는 편이 더 좋은 이야기 말이다. 이 책에 실린 이야기는 두번째 부류다. 아들이 내게 물었지만 대답해주지 못한 질문에 관한 이야기. 내가 곤경에 처했을 때면 언제나 나를 구해주셨지만, 나는 병으로부터 구해드리지 못한 아버지 이야기. 아버지가 편찮으신 뒤 사람들이 "좀 어때요?"라고 물어오면 뭐라고 대답해야 할지 알 수가 없어, 그들의 시선을 딴 데로 끌기 위해 기르기 시작한 콧수염에 관한 이야기. 결코 이루지 못한 소망에 관한 이야기, 그리고 내 아들에게는 유년기의 배경이 되어버린 끝없는 전쟁 이야기.

다음 페이지부터, 여러분은 나와 한 열차를 타게 될 것이다. 그리고 마지막 페이지에 다다르면 나는 역에서 내릴 것이고, 우리는 아마 다시는 서로 만나지 못할 것이다. 하지만 내 아들이 태어나면서 시작하고 아버지가 돌아가시면서 끝나는 이 칠 년간의 여정에서 무엇이든 한 가지는 당신의 마음속에 남기를 바란다.

2015년 텔아비브에서

차례

다섯째 해

여섯째 해

일곱째 해

첫 해

Year One

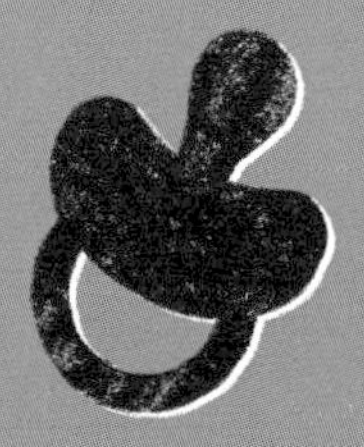

갑자기, 똑같은 일

“테러 공격이 너무 싫어요.” 마른 체격의 간호사가 선배로 보이는 간호사에게 이렇게 말한다. “껌 하나 드려요?”

간호사는 껌을 받더니 고개를 끄덕인다. “어쩔 수 없지.” 그리고 이렇게 말한다. “난 응급 상황도 싫은데.”

“응급 상황 때문은 아니에요.” 마른 체격의 간호사가 힘주어 말한다. “사고 같은 게 일어나는 건 괜찮아요. 테러가 문제예요, 정말요. 테러 때문에 만사가 싫어진다니까요.”

산부인과 앞 벤치에 앉아 있던 나는 내심 일리가 있는 말이라고 생각한다. 나는 딱 한 시간 전, 완전히 흥분한 상태로 아내와 함께, 아내의 양수가 터지자 시트가 망가질까봐 걱정한 결벽증 택시 기사의 차를 타고 이 병원에 왔다. 그리고 지금은 우울한 기분으로 복도에 앉아서 의료진이 응급실에서 돌아오기를 기다리고 있다. 간호사 두 사람 이외에는 모두 테러 공격에서 다친 사람들의 치료를 도우러 응급실로 가버렸다. 아내의 진통도 느려졌다. 아마 아기도 태어나는 일이 그렇게 급하지 않다고 느끼는 모양이다. 카페테리아에 가다가 부상자 몇 명이 끼익거리는 들것에 밀려들어오는 것을 봤다. 병원으로 오는 길의 택시 안에서 아내는 미친 사람처럼 비명을 질렀지만, 이 부상자들은 모두 조용하다.

"에트가르 케레트 씨 맞죠?" 체크 셔츠를 입은 남자가 내게 묻는다. "작가님이시죠?" 나는 내키지 않는 마음으로 고개를 끄덕인다. "음, 몇 가지 여쭤봐도 될까요?" 그가 가방에서 작은 녹음기를 꺼내면서 말한다. "공격 때 어디 계셨어요?" 내가 잠시 머뭇거리자 그는 다 이해한다는 말투로 말한다. "천천히 이야기하셔도 됩니다. 부담 갖지 마세요. 충격 때문에 멍한 거예요."

"전 테러 현장에 있지 않았습니다." 내가 설명한다. "오늘 여기 온 건 다른 일 때문이에요. 집사람이 아이를 낳아서."

"아," 그는 실망감을 감추려는 성의도 보이지 않고 이렇게 말하고는 녹음기의 정지 버튼을 누른다. "마잘 토브*." 그는 내 옆에 앉더니 담뱃불을 붙인다.

“다른 사람과 이야기해보시죠.” 면전에 날아오는 럭키 스트라이크 담배 연기를 피할 요량으로 이렇게 말해본다. “조금 전에 두 사람이 신경과에 실려가는 걸 봤거든요.”

“러시아인들이에요.” 그가 한숨을 쉬며 말한다. “히브리어는 한 마디도 못하죠. 게다가 신경과에는 사람을 들여보내주지도 않아요. 이 병원에서 테러 공격을 일곱번째 겪는 거라서 이제 뭐가 어떻게 돌아가는지 다 알게 됐죠.”

우리는 아무 말 없이 잠시 앉아 있다. 그는 나보다 열 살쯤 어리지만 머리가 벗겨지기 시작했다. 나와 눈이 마주치니 그는 미소를 지으며 말한다. “현장에 안 계셨다니 아쉽네요. 작가의 코멘트를 얻었다면 제 기사에 큰 도움이 되었을 텐데. 어딘가 독창적이고, 남다른 시각이 조금쯤 있는 분들이니까요. 공격 때마다 사람들 반응은 천편일률적이죠. ‘갑자기 쾅 하는 소리가 들렸어요.’ ‘뭐가 어떻게 됐는지 모르겠어요.’ ‘사방이 피투성이가 됐어요.’ 그런 소리만 갖고서야 쓸 게 얼마나 있겠어요?”

---

* Mazal tov. 중요한 행사 때 축하의 뜻으로 쓰는 히브리어.

"그 사람들 잘못이 아니죠." 내가 말한다. "테러 공격이 늘 똑같아서 그런 것뿐. 폭탄이 터지고 사람들이 어이없이 죽어 나가는데, 무슨 독창적인 이야기를 하겠습니까?"

"저는 모르죠," 그가 어깨를 으쓱인다. "작가는 당신이잖아요."

흰 가운을 입은 사람들이 응급실에서 도로 나와 산부인과로 들어가고 있다. "텔아비브에 사시죠." 기자가 내게 말한다. "그런데 왜 이런 곳까지 출산을 하러 온 거예요?"

"우리는 자연분만natural birth을 원했어요. 여기서는 자연분만……"

"자연?" 그가 키득거리며 내 말을 가로막는다. "부인 질에서 난쟁이 하나가 배꼽에 줄을 대롱거리며 튀어나오는 게 뭐가 자연스럽다는 거예요?" 나는 대꾸할 생각도 없다. "난 집사람한테 이렇게 말했어요." 그가 계속 말한다. "'혹시라도 애를 낳으려면 미국에서 하는 것처럼 제왕절개 수술을 받으라고. 애가 당신을 헐겁게 만드는 건 싫어.' 요즘 세상에 여자들이 동물처럼 애를 낳는 곳은 이렇게 원시적인 나라뿐이에요. 자, 그만 일하러 가봐야겠군요."

그는 일어나려다가 한번 더 묻는다. "혹시 테러 공격에 대해 하실 말씀 없어요?" 그가 묻는다. "테러 때문에 뭔가 당신에게 바뀐 것이 있나요? 아기 이름 정해둔 걸 바꾼다든가요." 나는 미안하다는 표정으로 미소를 짓는다. "뭐, 괜찮아요." 그가 눈을 찡긋하며 말한다. "순산하시길 바랄게요, 친구."

여섯 시간 뒤, 난쟁이 하나가 배꼽에 줄을 대롱거리며 아내의 질에서 튀어나오더니 곧바로 울기 시작한다. 아들을 달래보려고, 걱정할 게 없다고 안심시키려 애쓴다. 이 아이가 자라날 무렵이면 이곳 중동의 모든 것이 안정될 것이라고. 평화가 찾아올 것이고, 테러 공격은 더이상 없을 것이며, 혹시 어쩌다가 한 번쯤 있다 하더라도 독창적인 누군가가, 남다른 시각을 가진 누군가가 항상 그 자리에 있다가 그 일을 완벽하게 설명해줄 것이라고. 아들은 울음을 그치더니 그다음에는 어떻게 해볼지 궁리한다. 신생아라는 점에 미루어 아들은 순진해야 마땅하지만, 이 조그만 아기조차도 내 말을 곧이듣지 않는다. 그러고는 일 초쯤 망설이더니 조그맣게 딸꾹질을 하고는 다시 울기 시작한다.

복잡한 아기

내가 어릴 때 부모님은 나를 유럽에 데려갔다. 그 여행의 하이라이트는 빅벤이나 에펠탑을 보던 순간이 아니라, 이스라엘에서 런던으로 가는 비행이었다. 그중에서도 특히 기내식이었다. 쟁반 위에는 작은 코카콜라 캔이 있었고, 그 옆에는 담뱃갑과 비슷한 크기의 콘플레이크 상자가 놓여 있었다.

미니어처 크기의 포장을 보고 놀란 마음은, 콜라에서 보통 크기 캔에 든 콜라와 똑같은 맛이 나고, 콘플레이크도 진짜라는 사실을 알고 나자 엄청난 흥분으로 바뀌었다. 그때의 흥분이 어디서 비롯한 것인지는 정확히 설명하기 어렵다. 그저 탄산음료와 아침식사용 시리얼이 훨씬 더 작은 포장에 담긴 것뿐인데, 일곱 살의 나는 기적이라도 지켜본 것 같았다.

삼십 년이 지난 지금, 텔아비브의 거실에 앉아 생후 이 주된 아들을 쳐다보고 있으면 그때와 똑같은 느낌이 든다. 여기, 체중은 4.5킬로그램밖에 안 되지만 지구상의 다른 모든 사람과 마찬가지로 화도 내고, 지루해하기도 하고, 겁을 내기도 하고, 평온함을 느끼기도 하는 사람이 있다. 스리피스 정장을 입히고 손목에는 롤렉스 시계를 채우고 조그만 서류가방을 들려 세상으로 내보내면, 그는 눈 한 번 깜빡이지 않고 협상하고, 싸우고, 계약을 따낼 것이다.

그렇다, 그는 말은 하지 않는다. 그리고 내일이 없는 것처럼 기저귀를 더럽혀버린다. 그가 우주로 날아가거나 F-16 전투기를 조종하려면 아직 배울 게 몇 가지 더 있다는 점은 인정한다. 하지만 따지고 보면, 그는 48센티미터 규격의 완성된 인간이며, 그것도 그저 평범한 사람이 아니라 매우 극단적으로 기묘하고 독특한 성격을 가진 사람이다. 남들이 존중해주기는 하지만 완전히 이해할 수는 없는 사람. 왜냐하면 복잡한 사람들이 으레 그렇듯이, 키나 체중과 무관하게, 그에게는 다양한 면이 있기 때문이다.

내 아들, 깨달음을 얻은 현자: 불교에 대한 책을 여럿 읽었고, 종교 지도자의 강연도 두세 차례 들었으며, 심지어 인도에서 설

사병에 걸린 적도 있었던 사람으로서, 내 아들이 내 평생 처음으로 만나본 깨달음을 얻은 현자임을 밝혀야겠다. 그는 진정 지금 이 순간을 산다. 그는 마음에 원한을 묵혀두는 법도 없고, 미래를 두려워하는 일도 없다. 자아를 완전히 떨쳐버렸다. 자신의 명예를 지키려들지도, 남들의 칭찬을 받으려들지도 않는다. 그런데도 그의 할아버지와 할머니는 벌써 그를 위해 예금계좌를 만들었고, 할아버지는 그가 누운 요람을 흔들어줄 때마다 그를 위해 얻어낸 매우 높은 이자율에 대해 이야기하면서, 한 자릿수 인플레율을 감안했을 때 이십일 년 뒤 그 계좌가 만기에 다다르면 돈을 얼마나 받게 될 것인지 계산하고 있다. 녀석은 아무 대답도 하지 않는다. 그러면 할아버지는 최우대 금리와 비교해 그 이자율이 얼마나 되는지 알려준다. 그럴 때면 아들의 이마에 주름이 몇 개 생기는 게 보이는데, 벽처럼 견고한 그의 열반에 처음으로 생기는 균열이다.

내 아들, 약쟁이: 이 글을 읽는 모든 중독자들과 중독을 치료한 사람들에게 우선 사과를 드리고 싶다. 하지만 그들과 그들의 고통을 충분히 존중하는 마음으로 말하건대, 그 누구의 중독도 내 아들의 중독에 비견할 수 없다. 진정한 중독자가 모두 그러듯이, 그는 여가시간을 보내는 문제에 관한 한, 다른 사람들이 선택하는 것들을—좋은 책을 읽는다거나, 저녁 산책을 한다거나, NBA 플레이오프를 관전하는 익숙한 여가 활동을—고르지 않는다. 그에게는 단 두 가지 선택지뿐이다. 젖가슴이냐, 지옥이냐. "곧 너도 더 넓은 세상을 알게 될 거야. 여자애들이나 술, 불법 온라인 도박 같은 걸." 나는 아이를 달래보려고 이렇게 말한다. 하지만 그런 일이 일어나기 전까지는 젖가슴만이 존재하리라는 것을, 나도 아이도 알고 있다. 그애에게, 그리고 우리 모두에게 다행한 일은, 그애 엄마에게 젖가슴이 둘 달려 있다는 것이다. 최악의 경우 하나가 멈춘다 해도 여분은 항상 존재한다.

내 아들, 사이코패스: 가끔 밤에 깨어나, 침대 속 내 곁에서 그의 작은 손가락이 배터리가 다 닳아가는 장난감처럼 떨리고, 목구멍에서 기묘한 소리가 흘러나오는 것을 보면, 호러 영화 〈사탄의 인형〉에 나오는 처키와 비교하지 않을 수 없다. 둘은 키도 같고 성격도 같다. 그들에게는 신성불가침의 영역이 존재하지 않는다는 점도 같다. 생후 이 주 된 내 아들을 보고 있으면 가장 염려스러운 점이 바로 그것이다. 윤리의식이 하나도, 한 방울도 없다. 인종차별, 불평등, 무감각, 세계화, 이 모든 것에 조금도 관심이 없다. 그는 당장의 충동과 욕구 이외의 그 무엇에도 아랑곳하지 않는다. 남들이야 지옥에 가든지, 그린피스에 가입하든지 무슨 상관이냐는 자세다. 그가 지금 원하는 것은 신선한 모유로 배를 채우는 것과 기저귀 발진에서 낫는 것뿐이다. 그리고 그것을 이루기 위해 세상이 파멸되어야 한다면, 버튼을 보여줘라. 그는 단 일 초의 고민도 없이 눌러버릴 것이다.

내 아들, 스스로를 증오하는 유대인……

"그만하면 되지 않았어?" 아내가 참견한다. "귀여운 아들한테 터무니없는 누명을 뒤집어씌우는 상상은 그만하고, 이제 좀 쓸모 있는 일을 해보지그래? 기저귀를 갈아준다든가."

"알았어," 내가 말한다. "알았다고, 이제 마무리하려던 참이야."

전화 걸고 받고

나는 통화를 시작하자마자 곧장 대화를 강요하지 않고, 상대방의 말을 먼저 듣고 기분을 파악하려고 노력하는 사려 깊은 텔레마케터를 진심으로 존경한다. 바로 그런 까닭에, 위성 방송 회사 '예스'의 데보라가 전화를 걸어 지금 잠시 통화해도 괜찮겠냐고 물었을 때, 나는 사려 깊음에 감사하다고 인사를 한 것이다. 그다음 예의바르게, 아니라고, 괜찮지 않다고 말한다.

"그러니까, 제가 방금 전에 구덩이에 빠져서 이마랑 발을 다쳤습니다. 그러니 지금은 통화하기가 마땅치 않습니다." 내가 설명한다.

"그렇군요." 데보라가 말한다. "그럼 언제가 좋을까요? 한 시간 뒤면 괜찮을까요?"

"글쎄요," 내가 말한다. "떨어지다가 발목이 부러진 것 같고 구덩이가 상당히 깊어요. 도움 없이는 기어나갈 수 없을 것 같습니다. 그러니 구조대가 여기 얼마나 빨리 올지, 발에 깁스를 해야 할지에 따라 달라질 것 같습니다."

"그럼 내일 전화하면 어떨까요?" 그녀는 여전히 꿋꿋하게 제안한다.

"네," 나는 신음을 섞어 대답한다. "내일이 좋겠습니다."

"구덩이라니 무슨 소리야?" 택시 옆자리에 앉아 있던 아내가 나의 회피 전략을 엿듣더니 비난하는 말투로 묻는다. 아들을 처음 어머니에게 맡기고 외출해서 마음이 불안한지 아내의 반응이 좀 까칠하다. "그냥 이렇게 말하지. '고맙지만 당신이 파는 게 뭐든지 나는 사거나, 렌트하거나, 빌리는 데 관심이 없으니 다시는, 혹은 이 생에는, 가급적이면 다음 생에도 전화하지 말아주세요'라고. 그다음에 잠깐 있다가 '좋은 하루 되세요'라고 하고. 그러고 전화를 끊는 거야. 다른 사람들처럼 말이야."

남들이 모두 아내처럼 데보라와 같은 사람들에게 단호하고 심술궂게 구는지는 모르겠지만, 아내 말에 일리가 있음을 인정할 수밖에 없다. 우리 중동에 사는 사람들은, 인간은 반드시 죽을 운명이라는 것을 지구상의 어느 곳에 사는 사람보다 더 강하게 느끼는데, 이로 인해 이곳 사람들 대부분은 남은 얼마 안 되는 시간을 낭비하게 만드는 낯선 사람에게 공격적인 태도를 갖게 된다. 나 역시 그들만큼 내게 남은 시간을 열심히 지키려고 노력하지만, 전화로 모르는 사람에게 딱 잘라 거절하기가 정말 힘들다.

장터에서 물건을 권하는 상인을 떨쳐내거나 전화로 뭔가 권하는 친구를 상대로 거절하는 것은 어렵지 않다. 하지만 전화 요청과 모르는 사람이라는 위험한 조합은 나를 꼼짝 못하게 만들어버린다. 그런 전화를 받는 순간, 평생 고통과 굴욕을 당하며 살아온 흉터투성이 얼굴을 가진 사람이 걸어온 전화라고 상상하게 된다. 상대가 42층 사무실 창가에서 무선 전화기를 들고 침착한 목소리로 전화를 걸고 있지만, 이미 이렇게 마음을 정한 상태라고 상상한다. "한 놈만 더 내 전화를 끊어버리면 여기서 뛰어내리겠어!" 그리고 한 사람의 생명을 구하는 것과 한 달에 9.99셰켈을 내고 〈풍선 조각: 온 가족을 위한 끝없는 즐거움〉 채널을 구독하는 것 중에서 하나를 골라야 한다면, 나는 생명을 선택한다. 아니, 적어도 아내와 재정 자문이 이제 그만두라고 점잖게 요청할 때까지는 그랬다.

그후로 나는 "가엾은 할머니 전략"을 개발했고, 이런 쓸모없는 대화에서 빠져나가기 위해 그분의 장례식을 수십 번이나 치렀다. 하지만 위성방송의 데보라를 위해 직접 구덩이를 파고 빠졌으니, 이번에는 쇼산나 할머니는 편히 쉬시도록 둘 수 있었다.

"안녕하세요, 케레트 씨." 데보라가 이튿날 말한다. "이제 통화할 수 있을까요?"

"사실, 발에 몇 가지 합병증이 생겼습니다." 내가 중얼거린다. "어찌된 일인지 괴저가 생겼습니다. 그래서 절단 수술을 받으러 가는 참인데 전화를 하셨군요."

"잠시만 통화하면 됩니다." 데보라의 투지가 만만치 않다.

"죄송합니다." 나도 버틴다. "벌써 마취주사를 맞았고, 의사 선생님이 전화를 끄라고 신호하는군요. 소독이 안 된 거랍니다."

"그럼 내일 전화 드리죠." 데보라가 말한다. "절단 수술 잘 받으세요."

대부분의 텔레마케터는 한 번 전화하고 포기한다. 전화 여론조사나 인터넷 패키지 상품 판매원들은 한번 더 전화를 걸

기도 한다. 하지만 위성방송 회사의 데보라는 다르다.

"안녕하세요, 케레트 씨." 전혀 준비가 안 된 상태에서 전화를 받았더니, 데보라가 이렇게 말한다. "좀 어떠세요?" 내가 미처 대답하기도 전에 그녀가 이렇게 말한다. "수술 후에 아마 집에 계셔야 할 테니 익스트림 스포츠 패키지를 권해드리려고요. 전세계 다양한 익스트림 스포츠를 포함하는 네 개 채널이랍니다. 왜소증 환자 투포환 세계 선수권 대회부터 호주의 유리 먹기 대회까지 중계합니다."

"에트가르에게 전화하신 건가요?" 내가 조그맣게 말한다.

"네." 데보라가 말한다.

"형은 죽었어요." 나는 이렇게 말한 뒤, 잠시 후에 계속해서 속삭인다. "참 슬픈 일입니다. 인턴이 수술대에서 형을 죽였어요. 소송을 생각중입니다."

"그럼 지금 전화 받는 분은 누구신가요?" 데보라가 묻는다.

"동생 마이클입니다." 즉석에서 꾸며댄다. "지금은 통화하기 어렵겠습니다. 장례식 중이거든요."

"상심이 크시겠어요." 데보라가 떨리는 목소리로 말한다. "그분과 많은 대화를 나눠보진 못했지만 참 좋은 분 같았는데……"

"고맙습니다." 나는 계속해서 속삭인다. "끊어야 되겠어요. 이제 카디시*를 드려야 됩니다."

"그러셔야죠." 데보라가 말한다. "나중에 전화 드릴게요. 당신에게 꼭 맞는 위로 패키지가 있거든요."

* kaddish. 유대교에서 사망한 근친을 위해 드리는 기도.

우리가 전쟁에 임하는 법

어제 나는 고함을 치려고 휴대전화 회사에 전화를 걸었다. 그 전날, 친한 친구 우지가 전화 회사에 전화를 걸어 고함을 좀 치면서 다른 회사로 옮기겠다고 으름장을 놨더니 곧바로 한 달에 50셰켈이나 사용료를 깎아주었다고 알려주었다. "대단하지 않아?" 우지가 신이 나서 말했다. "한 번 전화해서 화를 내면 일 년에 600셰켈을 아낄 수 있다니."

고객 서비스 센터 상담원의 이름은 탈리였다. 그녀는 내 불평과 협박을 잠자코 듣더니 내가 이야기를 마치자 저음의 목소리를 더욱 낮춰 말했다. "선생님, 말씀해보세요. 스스로 부끄럽지 않으세요? 지금은 전시戰時입니다. 사람들이 죽고 있어요. 하이파와 티베리아스에 미사일이 떨어지는데, 지금 고작 50세켈 때문에 이러시는 건가요?"

그 말에는 뭔가, 나를 살짝 불편하게 하는 무언가가 있었다. 나는 즉시 사과했고 고결한 탈리는 곧바로 용서해주었다. 따지고 보면, 전시란 동포에게 원한을 품고 있을 때가 아니다.

그날 오후, 내게 카시트가 없다는 이유로 나와 아들을 태워주지 않겠다는 고집 센 택시 기사에게 탈리의 주장이 얼마나 효과적인지 시험해보기로 했다.

"말씀 좀 해보세요. 스스로가 부끄럽지 않습니까?" 나는 최대한 탈리의 말을 그대로 옮기려고 노력하며 말했다. "지금은 전시입니다. 사람들이 죽고 있어요. 티베리아스에 미사일이 떨어지고 있는데, 지금 생각하시는 게 고작 카시트입니까?"

그 주장은 여기서도 마법처럼 통했고, 창피해진 기사는 곧바로 사과하더니 어서 타라고 했다. 고속도로에 들어섰을 때, 그는 내게 하는 말인지 혼잣말인지 알 수 없는 말을 중얼거렸다. "진짜 전쟁이란 말이죠, 그쵸?" 그는 길게 한숨을 내쉬더니 향수 어린 말투로 이렇게 덧붙였다. "꼭 옛날 그 시절 같군."

그러고 나니 "꼭 옛날 그 시절 같군"이란 말이 내 머릿속에서 떠나지 않았고, 갑자기 레바논과의 분쟁을 완전히 다른 시각으로 보게 되었다. 레바논과의 이 전쟁에 대해, 이란의 미사일에 대해, 시리아의 책략에 대해, 그리고 헤즈볼라*의 지도자 셰이크 하산 나스랄라가 이 나라의 모든 지역, 심지어 텔아비브까지 공격할 능력이 있을 거라면서 걱정이 늘어진 친구들과 나눈 대화를 다시 한번 돌이켜보니, 그 자리의 거의 모든 사람들이 눈을 살짝 반짝이고, 미처 의식하지 못한 안도의 한숨을 내쉬었던 것을 깨달았다.

아니, 우리 이스라엘인들이 전쟁이나 죽음이나 슬픔을 원한다는 말은 아니다. 그게 아니라, 택시 기사가 말한 "옛날 그 시절"을 그리워한다는 말이다. 우리는 분명한 흑백의 경계 없이 회색만이 존재하는 그 끝없이 진 빠지는 인티파다**의 날들, 즉 무장 병력 대신에 폭탄을 허리에 두른 결연한 젊은이들과 맞서야 하는 날들이 제발 끝나고 진짜 전쟁이 시작하기를 바란다. 용감한 기상은 사라진 대신, 금방이라도 아이를 낳을 것 같은 여인들과 숨막히는 더위에 지쳐가는 노인들이 검문소 앞에 길게 늘어서 있는 이 시기가 어서 끝나기를 염원

* 레바논에 본부를 둔 시아파 이슬람 무장 조직.

** 1987년부터 가자지구와 서안지구에서 팔레스타인인들이 이스라엘을 상대로 시작한 민중 봉기.

한다.

불현듯 첫번째 미사일 공격을 겪고 나니, 국경을 무자비하게 공격하던 적과 맞서 싸우던 시절의 익숙한 느낌이 되돌아왔다. 우리의 적은 자국의 자유와 자주권을 위해 싸우는 것이 아니다. 그들은 우리를 당황시키거나 혼란에 빠뜨리는 부류의 상대가 아니다. 그들은 사악함의 결정체다. 우리는 다시 한번, 우리의 대의명분이 갖는 정당성을 확신하게 되었고, 그러자 거의 버릴 뻔했던 애국심이 광속으로 되살아났다. 우리는 다시, 매일 민간인을 상대로 싸워야 하는 강한 점령국의 입장에서, 사방이 적들에게 에워싸인 채 우리의 생명을 지키기 위해 싸우는 작은 나라로 되돌아간다.

그러니 우리 모두 아주 조금씩 안도감을 느낀 것이 과연 이상한 일인가? 이란도 덤비고 시리아도 나와라. 셰이크 나스랄라도 붙어보자, 제대로 상대해줄 테니. 결국 우리도 남들과 마찬가지로 도덕적으로 모호한 상태를 해결하는 데에는 서투르다. 하지만 우리는 전부터 전쟁에서 승리하는 법은 잘 알고 있었다.

둘째 해

Year Two

가식을 담아서

어릴 때 나는 히브리어 도서 주간Hebrew Book Week이 공식적인 명절이며, 독립기념일, 유월절, 하누카*와 어깨를 나란히 한다고 늘 생각했다. 이때가 되면 우리는 캠프파이어 주위에 둘러앉지도, 드레이들**을 돌리고 놀지도, 플라스틱 망치로 서로의 머리를 때리지도 않았고, 다른 명절과 달리 역사적인 승리나 영웅적인 패배를 기리지도 않았기에 나는 이 도서 주간이 더욱 마음에 들었다.

매년 6월이 시작할 때면, 우리 가족은 모두 라마트간에 있

* 유대인들이 시리아의 지배에 반란을 일으켜 예루살렘 성전을 탈환한 것을 기념하는 주요 축일.

** 전통적인 하누카 놀이 도구인 사각형 팽이.

는 중앙 광장으로 걸어갔다. 그곳에 가면 수십 개의 테이블에 책들이 가득 놓여 있었다. 우리는 저마다 다섯 권씩 골랐다. 가끔은 그 책의 저자가 테이블에 앉아서 헌사를 적어주기도 했다. 누나는 그걸 정말 좋아했다. 개인적으로 나는 좀 못마땅했다. 자기가 그 책을 썼다고 해서, 내 소유의 책에 낙서를 할 권리가 생기는 것은 아니란 말이다. 특히 약사가 쓴 것처럼 글씨가 엉망이라면, 게다가 저자가 굳이 사전에서 찾아야 하는 어려운 단어를 써놓았고, 찾아보니 고작 "즐기다" 정도의 뜻이라면 더욱 그렇다.

세월이 흘렀고, 이제 나는 어린아이가 아니지만 도서 주간이 되면 지금도 그때처럼 신이 난다. 하지만 지금 겪는 일은 조금 달라졌고, 훨씬 더 부담스럽다.

책을 내기 전에는 지인들에게 선물로 주려고 산 책에만 헌사를 적었다. 그런데 어느 날 문득 정신을 차려보니, 나도 남들이 돈을 주고 산 책에 사인을 하고 있는 것이다. 그전까지는 한 번도 만나본 적 없는 사람들인데도 말이다. 연쇄살인범인지, 열방의 의인인지도 알 수 없는 생판 남의 책에 뭐라고 써줄 수 있을까? "우정을 위하여"는 거짓말에 가깝다. "존경을 담아"는 믿음이 가지 않는다. "행운을 빕니다"는 너무 아저씨 같다. 그리고 "재미있게 읽으시길!"은 첫 글자부터 마지막 느낌표까지 너무 알랑거리는 것 같다. 그래서 정확히 십팔년 전, 내가 작가로서 참가한 첫번째 도서 주간의 마지막 날 밤, 나는 나만의 장르인 '허구의 헌사'를 만들어냈다. 책이 순수한 허구라면, 헌사가 진실해야 하는 이유도 없지 않은가?

"리타니강에서 내 목숨을 구해준 대니에게. 당신이 그때 지혈대를 매주지 않았다면 저도, 이 책도 없었을 겁니다."

"미키에게. 당신 어머니께서 전화하셨습니다. 끊어버렸습니다. 더이상 여기 얼씬도 하지 마세요."

"시나이에게. 오늘밤엔 집에 늦게 들어갈 거예요. 냉장고에 촐른트*를 넣어놨어요."

"파이기에게. 내가 빌려준 10파운드는 어떻게 됐죠? 이틀만 빌려달라더니 벌써 한 달째잖아요. 기다리고 있습니다."

"치키에게. 내가 못되게 군 거 인정합니다. 하지만 당신 여동생이 날 용서할 수 있다면, 당신도 마찬가지겠죠."

"아브람에게. 검사 결과가 무얼 뜻하는지 상관없어요. 제겐 언제까지나 당신이 아버지입니다."

---

* cholent. 유대인이 안식일에 먹는 고기와 야채를 약한 불에 삶은 요리.

"보스마트, 비록 지금은 당신이 다른 남자와 함께 있지만, 우리 둘 다 알고 있듯 당신은 결국 내게 돌아올 거예요."

이 마지막 헌사 때문에 따귀를 맞고 나서 돌이켜보니, 여자친구에게 줄 책을 사는 해병대 머리를 한 키 큰 남자에게 그렇게 적어준 것은 내 불찰이었다. 물론 여전히, 그가 폭력을 쓰는 대신 점잖게 말로 할 수도 있었다고 생각하지만 말이다.

어쨌든 나는 고통스럽게나마 교훈을 얻었고, 그후로 매년 도서 주간마다 어느 두디나 슐로미가 책에 헌사를 적어달라고 하면, 다음에 내 이름을 보게 될 곳은 내 변호사가 보내는 서류일 것이라고 쓰고 싶어 손이 근질거리기는 하지만, 심호흡을 한 뒤 "행운을 빕니다"라고 적는다. 지루한 말이기는 하지만 얼굴의 안전을 위해서는 어쩔 수 없다.

그러니 그때 그 키 큰 남자와 보스마트가 이 글을 읽고 있다면, 내가 진심으로 뉘우치며 뒤늦은 사과를 전하고자 한다는 것을 알아주기를 바란다. 그리고 파이기, 혹시라도 당신이 이 글을 읽고 있을까 해서 말인데, 나는 지금도 10파운드를 기다리고 있습니다.

기내에서의 사색

몇 달 전 녹슨 우편함을 열어보니 파란색과 흰색으로 된 봉투가 들어 있었고, 봉투 안에는 양각으로 새긴 내 이름 위에 화려한 글씨체로 '항공사 상용 고객 클럽 골드'라고 적힌 금색 플라스틱 카드가 있었다. 나는 카드를 아내에게 보여주었다. 객관적인 제삼자가 내게 이처럼 감사를 표하는 걸 보고 나면, 아내가 나에 대해 갖고 있는 냉정한 견해가 조금은 누그러지지 않을까 싶어서 해본 애처로운 시도였지만, 사실 아무 효과도 없었다.

"내가 충고하는데, 이 카드 아무한테도 보여주지 마." 아내가 말했다.

"왜?" 나는 반박했다. "내가 아무나 못 들어가는 클럽의 회원이라는 뜻인데."

"그래," 아내는 특유의 냉소를 지어 보이며 말했다. "자신만의 삶이라고는 없는 사람들만 들어가는 클럽 말이지."

그렇다면 좋다. 이 책이라는 신중하게 고른 내밀한 공간 속에서, 내게는 자신만의 삶이 없다는 것을 부분적으로 인정하는 바이다. 적어도 전통적이고 일반적인 의미의 삶은 없다고 볼 수 있다. 그리고 나는 지난해, 내가 어느 나라에 와 있는지 확인하기 위해 도장이 숱하게 찍힌 여권 사이에 평화롭게 자리잡고 있는 비행기 탑승권을 읽어보아야 했던 적이 여러 차례 있었음도 시인한다. 또한 종종 열다섯 시간이 걸리는 비행을 거쳐 도착해보니, 행사장에는 아주 적은 수의 사람들밖에 없고, 그 사람들이 내가 읽어주는 내용을 한 시간씩이나 끈기 있게 듣고 난 뒤에, 마치 위로라도 하듯이 내 등을 두드리며 히브리어 원문으로 읽을 수 있다면 좀더 잘 이해할 수 있겠다는 희망적인 코멘트를 남겼음도 인정한다. 하지만 나는 그게 좋다. 사람들에게 책을 읽어주는 것이 좋다. 그들이 즐기면 나도 그들과 함께 즐기고, 그들이 괴로워하면 아마 그들도 나의 괴로움을 실감하는 모양이라고 생각한다.

이렇게 솔직하게 털어놓았으니 말인데, 이해하기 힘들겠

지만 사실 나는 비행기를 타는 것 자체도 좋아한다. 비행기를 타기 전에 보안 검색을 받거나, 기내에 마지막 남은 자리는 일본인 스모 선수 두 명 사이 좌석뿐이라고 설명하는 수속 창구의 무뚝뚝한 항공사 직원을 만나는 상황을 말하는 건 아니다. 그리고 착륙 후에 아무리 서 있어도 나오지 않는 수화물을 기다리는 일이나, 아주 무딘 스푼으로 두개골 속에 대서양 횡단 터널을 뚫는 듯한 시차도 반갑지 않다. 내가 좋아하는 것은 그 사이, 천국과 땅 사이를 떠가는 양철 상자 안에 갇히는 부분이다. 세상과 완전히 차단되고, 진정한 시간이나 진정한 날씨도 존재하지 않는 양철 상자. 이륙에서 착륙까지 지속되는 중간지대의 그 매혹적인 한 조각이 나는 좋다.

그리고 이상하게도 내게 그 비행은, 단순히 항공사의 냉소적인 카피라이터가 "높은 고도에서의 즐거움"이라고 명명한 따끈하게 데운 식사를 먹으면서 텔레비전을 보는 것이 아니다. 그 시간은 세상에서 분리되어 사색하는 때다. 비행은 전화가 울리지 않고, 인터넷도 안 되는 값진 순간이다. 날아가는 시간은 허비하는 시간이라는 격언 덕분에, 그 시간을 낭비해서는 안 된다는 불안이나 죄책감에서 벗어날 수 있고, 유용하게 써보겠다는 야심을 전부 벗어던지고 평소와 다른 방식으로 존재할 여지를 얻는다. 행복하고 바보 같은 존재로, 시간을 최대한 활용하려고 들지 않고, 그저 그 시간을 가장 즐겁게 쓸 방법을 찾는 데 만족하는 그런 사람으로 말이다.

이륙에서 착륙 사이에 존재하는 "나"는 완전히 다른 사람이다. 기내의 "나"는 땅을 밟고 있을 때면 손도 대지 않는 음료인 토마토주스에 중독되어 있다. 공중에서 "나"는 치핵 크기만한 스크린으로 멍청한 할리우드 코미디를 열심히 보고, 좌석 주머니에 들어 있는 상품 카탈로그가 최신 구약성서라도 되는 것처럼 탐독한다.

미항공우주국에서 개발한 녹 방지 강철 섬유로 만들어 우리 지구가 사라진 뒤에도 그 안의 지폐를 깨끗하게 보존해주는 지갑을 들어보셨는지 모르겠다. 혹은 냄새를 빨아들이고, 화분 뒤에 감추어져 있어서 고양이의 프라이버시를 완벽하게 지킬 수 있으며 가족과 손님에게 불쾌감을 주지 않는 고양이 화장실은 어떤가. 혹은 염증이 막 생기려는 조직이 곪아버리지 않도록 항균 은 이온을 넣어주는 마이크로프로세서 소독장치는? 나는 이 모든 발명품을 들어보았을 뿐 아니라, 그 제품의 정확한 설명과 다양한 색상도 마치 전도서의 구절처럼 암기해서 읊을 수 있다. 공연히 나한테 그 골드 카드를 보낸 것이 아니다.

이 글은 방콕을 최종 목적지로 하여 우선 텔아비브에서 프랑크푸르트로 가는 비행중에 쓰고 있는데, 나답지 않게 꽤 빠른 속도로 쓰는 중이다. 마치고 나면 다시 편안한 자세로 앉아서 루프트한자에서 곧 새로 취항하는 노선이 몇 개나 되는지 살펴볼 계획이다. 그다음에는 〈블라인드 사이드〉의 마지막 십오 분을 계속 보든가, 비행기 뒤쪽 화장실 앞에 줄 선 사람들 틈에 섞여볼 것이다. 착륙할 때까지는 앞으로 한 시간하고도 십사 분이 남아 있으니, 그 시간을 최대한 잘 활용할 셈이다.

남과의 동침

인더스 레스토랑 발코니에서 내 옆에 앉아 우스꽝스러운 모자를 쓰고 있는 스위스 남자는 미친듯이 땀을 흘리고 있다. 그를 탓할 수 없다. 이런 온도에 익숙한 나도 상당히 땀을 흘리고 있으니까. 하지만 발리는 텔아비브가 아니다. 이곳의 공기는 너무 습해서 빨대만 있으면 공기를 마실 수도 있을 것 같다.

스위스 남자는 직장을 옮기는 중이라서 여행할 시간이 생겼다고 한다. 얼마 전, 그는 뉴칼레도니아에서 리조트 호텔 매니저로 일했지만 해고당했다. 이야기가 길지만 기꺼이 들려주겠단다. 그가 밤새 수작을 걸었던 터키인 작가는 한 시간 전에 화장실에 간다고 하더니 아직도 돌아오지 않았다. 스위스 남자는 이미 술을 너무 많이 마셔서 일어나려고 했다가는 계단에서 구를 것 같다고, 그 자리에 앉아 프로즌 보드카를 한 잔 더 시키고 내게 자기 이야기나 해주는 것이 나을 것 같다고 한다.

그는 뉴칼레도니아에서 리조트 매니저로 일하는 것이 제법 멋지다고 생각했다. 그리고 거기 도착하고 나서야 자기가 일할 호텔이 얼마나 옹색한 곳인지 비로소 알게 되었다. 객실의 에어컨은 고장이 나 있었고, 근처 산지에 숨어 있는 반란군은 아무도 건드리지 않았지만 도대체 무슨 영문인지—아마 지루함 때문이었을 것이다—산책을 나가는 호텔 투숙객에게 겁주기를 즐겼다. 청소 담당은 호텔의 대형 세탁기 옆에 유령이 있다면서 절대 세탁실에 들어가지 않았고, 대신 강에서 시트를 빨겠다고 고집을 부렸다. 한마디로, 리조트는 홍보 팸플릿 내용과는 완전 딴판이었다.

그가 그 일을 한 지 한 달쯤 되었을 때 돈 많은 미국인 부부가 도착했다. 그들이 좁아터진 로비에 들어서는 순간, 그는 골치 아픈 일이 벌어질 것이라고 직감했다. 그들은 불만 가득한 손님의 전형적인 얼굴을 하고 있었다. 수영장 물 온도에 대해 불평하러 프런트에 찾아오는 그런 사람들 말이다. 스위스 남자는 프런트에 앉아 위스키를 한 잔 따르고 그들 부부가 화가 나서 전화를 걸기를 기다렸다. 십오 분도 안 되어 전화가 울렸다. "욕실에 도마뱀이 있소." 쉰 목소리가 외쳤다. "이 섬에는 도마뱀이 아주 많습니다, 고객님." 스위스 남자가 예의바르게 말했다. "이곳의 매력 중 일부이지요."

"이곳의 매력이라고?" 미국인이 고함쳤다. "이곳의 매력? 아내와 나는 매력이라고 생각하지 않소. 누가 올라와 저 도마뱀을 치워주시오. 내 말 듣고 있소?"

"고객님," 스위스 남자가 말했다. "그 도마뱀을 치운다고 문제가 해결되는 건 아닙니다. 이 지역에는 도마뱀이 가득합니다. 내일 아침이면 그런 녀석을 객실에서, 어쩌면 침대에서 발견하실 가능성이 높습니다. 하지만 그렇게 나쁜 일은 아닙니다. 왜냐면……"

스위스 남자는 하던 말을 끝맺지 못했다. 미국인은 이미 수화기를 쾅 내려놓았기 때문이다. 이제 시작이라고, 스위스 남자는 남은 위스키를 들이켜며 생각했다. 일 분 뒤 그들은 프런트로 내려와 그에게 소리를 질러댈 것이다. 그들은 아마 좀 더 고급스러운 리조트 체인을 알고 있을 테고, 그는 숙박비를 내놓아야 했다.

그는 움직여보자고 생각하면서 프런트에서 힘겹게 일어났

다. 샴페인을 한 병 직접 가져가기로 했다. 호텔학교에서 배운 대로 그들의 비위를 맞춰주고 이 사태에서 벗어날 것이다. 재미는 없지만, 그렇게 하는 것이 옳다. 객실로 가고 있는데, 그 미국인들의 자동차가 그를 향해 달려오는 것이 보였다. 그 차는 그를 거의 박을 뻔하며 스쳐지나가더니 계속해서 큰길 쪽으로 달려갔다. 그는 손을 흔들어주려고 했지만, 차는 속도를 줄이지 않았다.

그는 방으로 들어갔다. 그들은 문을 열어둔 채로 나갔다. 짐은 없었다. 그는 욕실 문을 열고 도마뱀을 보았다. 도마뱀도 그를 보았다. 그들은 몇 초 동안 서로를 말없이 보고 있었다. 도마뱀은 1.5미터 길이에 발톱도 있었다. 그런 놈을 어느 자연 다큐멘터리에서 보았는데, 살아 있는 염소를 잡아먹고 있었다. 다큐멘터리에서 그 도마뱀에 대해 정확히 무슨 이야기를 했는지는 기억나지 않았지만, 아주 무섭고 불쾌한 내용이었던 것은 기억났다. 이제 그는 미국인들이 왜 그렇게 가버렸는지 이해할 수 있었다.

"이야기는 그게 전부예요." 스위스 남자가 말했다. 결국 미국인들이 정말로 항의 편지를 보냈고, 일주일 뒤에 그는 해고되었다. 그는 그후로 계속 여행을 했다. 11월에는 스위스로 돌아가 형의 사업을 도울 수 있을지 알아볼 생각이었다.

그의 이야기 속에 교훈이 있는지 물어보자, 그는 분명 있을 테지만 정확히 무엇인지는 모르겠다고 한다. 그는 잠시 후에 이렇게 말한다. "아마, 세상에는 도마뱀이 가득한데 우리가 그 도마뱀을 처리할 수는 없어도, 일단 얼마나 큰 놈인지 알아보는 게 도움이 된다는 교훈일 수도 있죠."

스위스 남자는 내게 어디 사람인지 묻는다. 나는 이스라엘에서 왔으며, 이번 작가 페스티벌에 오는 데 시간이 엄청나게 오래 걸렸다고 한다. 부모님은 내가 여기 오는 걸 원하지 않았다. 내가 여기서 납치당하거나 살해될까봐 걱정했다. 따지고 보면, 인도네시아는 무슬림 국가이며 이스라엘에 반감이 강하고, 반유대주의 정서도 강하다고들 한다. 나는 발리는 힌두교도가 다수라고 하는 위키피디아 페이지 링크를 보내드리고 부모님을 안심시켰다. 그다지 도움은 되지 않았다. 아버지는 내 머리에 총을 쏘는 데 과반수 투표가 필요한 건 아니라고 했다. 그들은 자카르타의 이스라엘 대사관 앞에서 이스라엘 국기를 태운 적도 있었지만, 인도네시아와 이스라엘의 수교가 단절된 이후로는 미국 대사관 앞에서 이스라엘 국기를 태워야 했다. 살아 숨쉬는 이스라엘 사람을 태운다면, 그들은 정말로 기뻐할 수도 있다는 것이다.

비자 받기도 큰일이었다. 방콕에서 닷새를 기다려야 했고, 페스티벌 감독이 페이스북을 통해 인도네시아 외무부의 고급 관료와 친구가 되지 않았더라면 나는 이스라엘로 돌아가야 했을 것이다. 나는 스위스 남자에게 잠시 후에 발리 궁전의 개회 행사에서 주지사와 왕족 대표들 앞에서 책을 낭독할 테니 그때까지 일어날 수 있으면 오라고 초대한다. 스위스 남자는 매우 반가워한다. 내가 부축해주긴 하지만, 첫 발자국을 떼고 나자 그는 어찌어찌 혼자서 걸을 수 있다.

행사에는 오백 명이 넘게 모였다. 주지사와 왕족 대표들은 맨 앞줄에 앉아 있다. 내가 낭독하는 동안 그들은 나를 쳐다본다. 표정을 해독할 수는 없지만, 매우 집중하는 것처럼 보인다. 나는 발리에 온 최초의 이스라엘 작가이다. 어쩌면 최초의 이스라엘 사람일지도 모르고, 어쩌면 객석에 앉아 있는 사람들 중 몇몇에게는 처음 보는 유대인일지도 모른다. 나를 보고 그들은 무엇을 발견할까? 아마 도마뱀을 볼지도 모른다. 그리고 그들의 얼굴에 미소가 서서히 퍼져나가는 것을 보면, 도마뱀은 예상했던 것보다 훨씬 더 작고 훨씬 더 사교적인 모양이다.

국민의 수호자

동유럽에서 보내는 며칠만큼 내 안에 숨어 있는 유대인을 끄집어내는 일은 없다. 이스라엘에서는 민소매 티셔츠를 입고 작열하는 태양 아래 하루종일 걸어 다니면서 비유대인처럼 지낼 수 있다. 트랜스 음악도 좀 듣고, 오페라도 좀 듣고, 불가코프의 좋은 책도 한 권 읽고, 아이리시 위스키도 한잔하고. 하지만 폴란드 공항에서 여권에 도장을 찍는 순간, 다른 느낌이 들기 시작한다. 여기에서도 텔아비브에서의 삶은 그대로 맛볼 수 있고, 도착한 터미널 천장에 켜져 있는 부서진 형광등 불빛 속에서 신을 만나지 못하는 것도 여전하지만, 돼지고기 냄새가 풍겨올 때마다 마치 콘베르소* 같은 존재가 된 기분이 점점 강해진다. 갑자기 디아스포라의 감상에 휩싸이는 것이다.

이스라엘에서 태어난 그날로부터, 우리는 지난 몇백 년 동안 유럽에서 일어난 일이라고는 줄줄이 이어진 박해와 집단 학살뿐이라는 것을 배우게 되고, 그러고 나면 상식적으로 생각해보려는 욕구에도 불구하고 그 가르침이 뱃속 어딘가에서 계속해서 곪아간다. 그것은 불쾌한 느낌이며, 현실은 항상 그것이 사실임을 확인시켜준다.

거창한 일은 벌어지지 않는다. 카자흐 사람이 내 어머니나 누이를 강간하는 것은 아니니까. 그것은 길거리에서 멋모르는 척 던지는 말 한마디일 수도 있고, 다윗의 별 문양의 낙서, 무너져내린 담에 적힌 의미가 불분명한 구호, 호텔 창문 맞은편 교회의 십자가에서 반사되는 불빛, 혹은 안개 낀 폴란드의 전원을 배경으로 울려퍼지는, 독일인 관광객 부부의 대화일 수도 있다.

그러면 의문이 시작된다. 이것은 진실일까, 아니면 강박관념일까? 반유대 행위에 가까운 그런 일들은 스스로 그것을 예상하기 때문에 마음속에 파고드는 것일까? 가령, 아내는 내가

---

* 14, 15세기 스페인과 포르투갈에서 가톨릭으로 개종한 유대인을 일컫는 말.

스와스티카*를 감지하는 초능력을 갖고 있다고 주장한다. 멜버른이든 베를린이든 자그레브든 어디에 있든지 상관없이, 나는 구글 지도보다 빨리 스와스티카를 찾아낼 수 있다.

작가로서 독일에 처음 가게 되었을 때, 정확히는 십오 년 전, 그곳의 출판사에서 나를 훌륭한 바이에른 레스토랑에(이 표현이 모순 어법처럼 들린다는 것을 인정한다) 초대했다. 메인 요리가 나왔을 때, 키가 크고 건장한 육십 세 정도의 독일인이 걸어들어오더니 큰 소리로 떠들기 시작했다. 얼굴이 붉은 것이 취한 것 같았다. 막 던지는 독일어 중에서도 그가 반복하는 두 단어는 알아들을 수 있었다. "유덴 라우스!**"

나는 그 사람에게 다가가서 애써 침착한 어조를 유지하며 영어로 말했다. "나는 유대인입니다. 여기서 날 내쫓고 싶은가요? 좋아요, 해봐요. 날 쫓아내요." 영어를 한 마디도 알아듣지 못한 독일인은 계속해서 독일어로 고함을 쳐댔고, 곧 우리는 몸싸움을 하게 되었다. 동행한 출판사 대표가 껴들더니 나더러 자리로 돌아가 앉으라고 했다. "몰라서 그러시는 겁니다." 그가 말했다. 하지만 나는 굴하지 않고 버텼다. 나는 그

* 옛 독일 나치당을 상징하던 꺾인 십자 문양.
** Juden Raus. '유대인을 추방하라'는 뜻의 나치 구호.

상황을 잘 알고 있었다. 제2세대, 그러니까 홀로코스트 생존자의 자녀로서, 나는 레스토랑의 침착한 손님들 그 누구보다 그곳에서 벌어지는 일을 잘 알고 있다고 느꼈다. 그러다가 웨이터들이 우리를 떼어놓았고 술주정꾼은 쫓겨났다. 나는 테이블로 돌아갔다. 음식이 식어버렸지만 어차피 더이상 식욕도 없었다. 계산을 기다리는 동안, 출판사 대표는 그 성난 술주정꾼이 식당 손님 차 한 대가 자기 차를 막고 있다고 불평한 것이었다고, 차분한 저음의 목소리로 설명했다. 내게 '유덴 라우스'라고 들린 말은 사실 '야덴 라우스'였으며, "전부 나가라"는 뜻이었다. 계산서가 와서 내가 내겠다고 했다. 새로운 독일에게 주는 보상이라고나 할까. 아니면 어쩌랴? 지금도 나는 독일어를 한마디 듣기만 해도 종종 방어적이 된다.

하지만 사람들 말처럼 "당신이 피해망상이라고 해서 저들이 괴롭히지 않는다는 의미는 아니다." 전세계를 돌아다니며 지낸 이십 년 동안, 나는 단순히 오해였다고 여기고 잊어버릴 수 없는 진짜 유대인 혐오를 여러 차례 경험했다.

예를 들면, 부다페스트의 문학 행사가 끝나고 술집에서 만난 헝가리 남자는 자기 등에 있는 커다란 독일 독수리 문신을 보여주겠다고 고집을 부렸다. 그는 자기 조부가 홀로코스트

때 유대인을 삼백 명이나 죽였다고 하더니 자신도 언젠가는 비슷한 숫자를 자랑할 수 있으면 좋겠다고 했다.

어느 작고 평화로운 독일 동부의 마을에서는, 두 시간 전에 무대에서 내 단편을 읽은 배우 한 사람이 술에 거나하게 취해서는 반유대주의는 나쁜 것이지만, 역사를 통틀어 유대인들이 저지른 견딜 수 없는 행동이 기름을 부은 격이라고 설명했다.

프랑스의 어느 호텔 직원은 나와 아랍계 이스라엘인 작가 사예드 카슈아에게 자신이 규정을 정할 수만 있다면 호텔에 유대인을 받지 않을 거라고 했다. 그날 밤이 깊도록 나는, 사예드가 사십이 년 동안 시온주의자들에게 점령을 당한 것도 모자라 이제 유대인으로 착각당하는 모욕까지 겪어야 한다고 늘어놓는 불평을 들어주어야 했다.

그리고 바로 일주일 전 폴란드의 문학 페스티벌에서, 객석에 있던 누군가가 내게 유대인인 것이 부끄러운지 물었다. 나는 전혀 감정적이지 않은, 논리적이고 조리 정연한 대답을 했다. 귀기울여 듣고 있던 사람들은 박수를 쳤다. 하지만 나중에 호텔방에 돌아와서는 좀처럼 잠이 오지 않았다.

11월에 불어오는 두어 차례의 캄신 열풍*만큼 유대인의 민족성을 돌이켜놓는 것은 없다. 중동의 직사광선은 마음속에 품고 있던 디아스포라의 모든 흔적을 남김없이 태워버린다. 가장 친한 친구 우지와 나는 텔아비브의 고든 비치에 앉아 있다. 그 옆에는 크리스타와 레나테가 있다. "내가 맞혀볼게요." 우지는 별로 성공적이지 못한 텔레파시를 발휘해 점점 차오르는 흥분을 감추려고 애쓰며 말한다. "두 분 다 스웨덴에서 왔죠."

"아뇨," 레나테가 웃으면서 말한다. "우린 뒤셀도르프에서 왔어요. 독일이요. 독일 알아요?"

"그럼요," 우지가 열심히 고개를 끄덕인다. "크라프트베르크, 모던 토킹, 니체, BMW, 바이에른 뮌헨……" 우지는 독일 하면 연상되는 것들을 더 찾아서 머릿속을 뒤져보지만 소용없다. "어이, 친구," 그가 내게 말한다. "널 그렇게 오래 대학 보낸 게 다 무슨 소용이냐? 뭐라고 한마디 거들어봐."

---

* khamsin. 사하라 사막에서 불어오는 뜨겁고 건조한 바람.

꿈을 위한 레퀴엠

그것은 모두 하나의 꿈과 함께 시작되었다. 내 삶의 여러 가지 괴로운 일들은 늘 꿈과 함께 시작한다. 이 꿈에서 나는 낯선 도시의 기차역 핫도그 가판대에 있었다. 승객들이 그 주위에 잔뜩 모여 있었다. 그들은 모두 안절부절, 어쩔 줄 몰라 하고 있었다. 모두들 핫도그를 먹고 싶어 죽을 지경이었고, 기차를 놓칠까봐 불안해했다. 그들은 독일어와 일본어가 뒤섞인 것처럼 들리는 낯선 언어로 내게 주문을 외쳐대고 있었다. 나는 똑같이 낯선, 신경을 긁어대는 언어로 대답했다. 그들은 나를 닦달했고, 나는 최대한 빨리 움직였다. 셔츠는 머스터드와 다진 피클, 사우어크라우트*로 범벅이 되어서 하얀 부분이 오히려 점처럼 보일 지경이었다. 빵에 집중하려고 애졌지만, 성난 무리에 신경쓰지 않을 수 없었다. 그들은 마치 포식자처럼 나를 잡아먹을 듯이 노려보았다. 알아들을 수 없는 언어로 주문을 해오니 점점 더 위협적으로 느껴졌다. 손이 떨리기 시작했다. 땀방울이 이마에서 두꺼운 핫도그로 떨어졌다. 그리고 나는 잠에서 깨어났다.

그 꿈을 처음 꾼 것은 오 년 전이었다. 한밤중에 땀으로 흠뻑 젖어 침대에서 나와서 아이스티 한 잔을 마시고 드라마 〈더 와이어〉 한 편을 보는 걸로 회복할 수 있었다. 전에도 악몽을 꾸지 않은 것은 아니었지만, 이 꿈이 내 무의식에 자리를 잡아가는 것을 보고는 문제가 심각하다는 것을, 아이스티와 지미 맥널티 형사**의 조합으로도 풀 수 없음을 알 수 있었다.

꿈과 핫도그 전문가 우지는 그 꿈의 의미를 곧바로 해석해냈다. "넌 제2세대잖아." 그가 말했다. "너희 부모님은 하룻밤 새에 나라를, 고향을, 타고난 사회 환경을 떠날 수밖에 없었어. 그 불안한 경험이 너희 부모님의 불안한 의식에서 너한테로 전달되었으니 네 의식은 애초에 불안한 거지. 게다가 중동 지역에 산다는 현실 속 불안도 있고, 너는 이번에 아버지

---

* 독일식 양배추 절임.

** 〈더 와이어〉의 주요 등장인물.

가 되기도 했어. 그걸 죄다 섞어봐. 뭐가 나오겠냐? 온갖 두려움이 뒤섞인 꿈이 나오지. 고향을 떠나 낯설고 이상한 곳에 도착하는 것, 익숙하지도 않고 어울리지도 않는 곳에서 일하는 것. 그게 다 나왔잖아."

"그거 말 되네." 우지에게 말했다. "그런데 악몽을 다시 꾸지 않으려면 어떻게 해야 하지? 심리학자를 만나봐야 하나?"

"그래봐야 소용없을 거야." 우지가 말했다. "상담사가 너한테 뭐라고 하겠어? 너희 부모님이 실제로 나치에게 박해받은 일은 없었고, 이스라엘이 망해버려 네가 난민이 될 위험은 없을 거라고? 너처럼 동작이 굼뜬 사람도 핫도그를 솜씨 좋게 팔 수 있을 거라고? 너한테 필요한 건 임상심리학 박사가 해주는 거짓말이 아니야. 진짜 해결책이 필요하지. 비상금을 외국 은행 계좌에 넣어두는 거야. 모두 다 그렇게 하고 있어. 방금 신문에서 봤는데, 올여름에 유행하는 것 세 가지가 외국 계좌, 외국 여권, 사륜구동차라더라."

"그럼 해결될까?" 내가 물었다.

"한 방에 끝나지." 우지가 보증했다. "꿈과 현실 모두에 도움이 될 거야. 네가 난민이 되는 건 어쩔 수 없다 쳐도, 넌 적어도 보따리 있는 난민이 될 거야. 독일본Japa-Germany의 기차역에서 핫도그를 팔게 되더라도, 더 운 나쁜 난민을 고용해서 거기 세워두고 사우어크라프트를 채우라고 시키는 그런 난민 말이야."

난민들을 이용하는 것이 처음에는 별로 당기지 않았지만, 몇 차례 더 꿈속에서 핫도그를 팔고 나니 결심이 섰다. 나는 인터넷에서 오스트레일리아의 한 은행 웹사이트를 찾았다. 숨막히게 아름다운 경치뿐만 아니라 줄리아 로버츠의 여동생처럼 생긴 직원이 미소를 지으며 돈을 예금하라고 권하는 홍보 비디오도 있었다.

그 구상을 말하자 우지는 곧바로 퇴짜를 놓았다. "지금부터 십 년 뒤면 오스트레일리아는 거기 있지도 않을 거야. 오존층 구멍이 그들을 다 없애버리지 않더라도 중국인들이 다 차지해버릴걸. 확실하다니까. 내 사촌이 모사드*의 태평양 지부에서 일해서 다 안다고. 유럽으로 가. 러시아와 스위스만 빼고 어디든지 골라."

"거기는 왜?"

"러시아 경제는 불안정해." 우지는 팔라펠을 한입 크게 베

* 이스라엘의 비밀 정보기관.

어 물며 말했다. "그리고 스위스는…… 글쎄, 거기 사람들은 마음에 안 들어. 좀 냉정하잖아."

결국 나는 채널 제도에 있는 괜찮은 은행을 찾았다. 사실, 은행을 찾아보기 전까지는 그 해협에 섬이 있는지도 몰랐다. 그리고 아마 세계 대전이라는 최악의 시나리오가 실현된다 하더라도, 세상을 정복할 악당들도 거기 섬이 있는지 모를 가능성이 높다. 그러니 전세계가 점령당한다 해도 내 은행은 무사할 것이다. 내 돈을 받아주기로 한 은행 직원의 이름은 제프리였지만 '제프'라고 부르라고 했다. 일 년 뒤 그는 존인가 조인가 하는 사람으로 바뀌었고, 그다음에는 잭이라는 아주 친절한 새 직원이 왔다. 그들 모두 유쾌하고 정중했으며, 나의 주식과 채권, 그것들의 안정된 미래에 대해서 이야기할 때면 정확히 현재완료 시제를 썼다. 정확한 시제 사용은 우지와 내가 결코 제대로 하지 못하는 것이었기에 더욱 마음이 놓였다.

사방에서 중동 분쟁은 점점 더 격해지고 있었다. 헤즈볼라의 그래드 미사일이 하이파를 공격하고 있었고, 하마스의 로켓은 아슈도드의 건물들을 때리고 있었다. 하지만 귀가 먹먹한 폭발음 속에서도 나는 두 발 뻗고 잤다. 그렇다고 아무 꿈도 꾸지 않은 것은 아니지만, 내 꿈에 나온 건 물가의 전원적인 풍경 속에 자리잡은 은행이었고, 제프리나 존이나 잭이 곤돌라에 나를 태워 거기로 데려가고 있었다. 곤돌라에서 본 광경은 눈부셨고, 물고기들은 뛰어올라 우리를 따라 헤엄치면서 셀린 디온과 조금 비슷한 인간의 목소리로 시시각각 늘어나는 내 투자 포트폴리오가 얼마나 탁월하고 아름다운지 노래했다. 우지의 엑셀 도표에 따르면, 그 금액은 최소한 핫도그 가판대 두 곳을, 혹은 원한다면 지붕이 딸린 매점 하나를 낼 수 있는 지점에 도달했다.

그리고 2008년 10월이 왔고, 내 꿈속의 물고기들은 노래를 멈췄다. 증시가 폭락한 뒤, 나는 마지막 J 자리를 이어받은 제이슨에게 전화를 했고, 주식을 팔아야 할지 물었다. 그는 기다리는 게 낫다고 했다. 그가 그 말을 어떻게 했는지는 기억나지 않지만, 그도 모든 전임자들과 마찬가지로 현재완료 시제를 아주 정확하게 쓴 것만 기억난다. 이 주 뒤, 내 돈은 또 30퍼센트 줄었다. 꿈속에서 은행의 모습은 여전했지만, 곤돌라가 뒤집히기 시작했고 더이상 조금도 친근하게 느껴지지 않는 물고기들은 귀에 익은 독일본어Japo-German로 말을 걸어왔다. 그들의 마음을 사고 싶어도, 맛있는 핫도그로는 그들을 회유할 수 없었을 것이다. 우지의 엑셀 도표는 내가 따뜻한 외투 한 벌과 구두 한 켤레도 살 수 없는 지경임을 분명히 알려주었다. 나는 계속해서 은행에 전화를 했다. 처음 몇 차례 대화에서 제이슨은 낙관적으로 말했다. 그러고 나서 그는 변명을 시작하더니 어느 시점이 되자 그냥 무관심해졌다. 내 투자를 살펴보고는 있는지 남은 것을 구하려는 시도는 하고 있는지 묻자, 그는 은행 정책을 설명했다. 백만 달러 이상의 포트폴리오를 우선 관리한다는 것이다. 나는 우리가 다시는 곤돌라를 함께 탈 수 없음을 깨달았다.

"긍정적으로 생각해." 우지가 이렇게 말하면서 신문의 금융 섹션에서 상냥한 표정을 짓고 있는 남자 사진을 가리켰다. "적어도 너는 메이도프에게 돈을 맡기지는 않았잖아." 우지로 말할 것 같으면 그 경제 위기에서 아무런 손해도 보지 않고 살아남았다. 그는 전 재산을 인도의 밀인지, 앙골라의 무기인지, 중국의 백신에 모조리 걸었다. 그 대화를 나누기 전까지 나는 메이도프라는 이름을 들어본 적 없었지만, 이제는 버니*에 대해 잘 안다. 돌이켜보면, 사기에 관한 부분을 제외하고 우리에게는 공통점이 많다. 이야기를 꾸며내기 좋아하

* 버나드 메이도프(Bernard Madoff). 미국의 증권 중개인이자 투자 상담가였으며 역사상 최대 규모의 사기 주동자로 알려져 있다.

고, 바닥에 구멍이 난 곤돌라를 타고 오랫동안 떠다닌, 한곳에 머무를 줄 모르는 유대인이라는 점에서. 그도 수년 전 한 번쯤, 역 앞에서 핫도그 파는 꿈을 꾸었을까? 어쩌면 그에게도 우지처럼 엉터리 충고를 계속 건네는 진정한 친구가 있었던 건 아닐까?

뉴스 앵커가 방금 비상 대기 상태를 발표했고, 고속도로 일부에 통행금지가 있다고 했다. 군인이 납치되었다는 설도 있다. 귀갓길에 나는 레브의 기저귀 한 팩을 사고 비디오 가게에 들러 〈더 와이어〉 몇 편을 빌리고 아이스티 한 잔을 산다. 만약을 대비해서 말이다.

장기적 전망

듣기 좋은 목소리의 기장이 스피커를 통해 다시 한번 용서를 구한다. 비행기는 두 시간 전에 이륙할 예정이었는데, 우리는 아직도 떠나지 못했다. "저희 직원들이 아직 기체의 문제를 확인하지 못했으므로 승객 여러분께서는 비행기에서 내려주십시오. 최대한 신속히 문제를 해결하고 안내해드리겠습니다."

내 옆에 앉아 있던 마른 청년은 이렇게 말한다. "이게 다 나 때문이에요. 내 탓이라고요. 비행기에 탔을 때 휴대전화로 집사람에게 전화를 걸었잖아요. 집사람이 큰애랑 아기를 데리고 바닷가에 가는 중이라고 했어요. 여기서 안전벨트를 매고 앉아 있자니 이런 생각밖에 안 드는 거예요. 대체 이탈리아에는 왜 가는 거지? 주말은 가족과 보내야지. 상사가 중요하다고 얘기하는 한 시간짜리 회의에 참석하러, 비행기를 경유해 가면서 여섯 시간이나 타고 가는 이유가 뭐지? 비행기가 고장 났으면 좋겠다. 정말이에요. 그렇게 생각했어요. 비행기가 고장났으면 좋겠다. 그랬더니 그만 이렇게 된 거예요."

터미널로 돌아가자 꽃무늬 드레스를 입고 관만큼이나 커다란 가방을 들고 있는 체격이 큰 여자가 그 마른 청년에게 다가가더니 어디 사람인지 묻는다. "고향이 무슨 상관인가요." 그는 내게 윙크를 한다. "중요한 건 어디로 가느냐죠."

몇 시간 뒤, 시칠리아행 항공으로 바꿔 타기 전에 우선 로마까지 태워다줄 좁고 북적이는 대체 항공편에 올라탈 나는 통로를 지나가며 마른 청년이 없다는 것을 알아차릴 것이다. 비행 내내 나는 그가 텔아비브 해변에서 아내와 아이와 함께 모래성을 짓는 것을 상상하며 부러워할 것이다.

내게도 텔아비브에서 나를 기다리는 아내와 아이가 있다. 시작부터 이 여행은 내게도 몹시 불편했으며, 출발이 지연되는 내내 점점 더 가기 싫어지고 있다. 토요일 저녁, 나는 타오르미나라는 마을에서 열리는 작은 도서 페스티벌에 참석하기로 되어 있다. 주최 측에서 나를 초청했을 때, 가족을 데려갈 수 있겠다고 생각해서 수락했다. 하지만 몇 주 전 아내는 진작 잡아놓은 일이 있다는 것을 깨달았고, 나는 참석 약속을 지켜야만 했다. 본래 일주일로 정해놓은 여행이 이틀로 줄었는데, 아이와 놀고 싶었던 마른 청년의 초능력 덕분에 그나마 이틀 중 절반이 공항에서 날아가게 되었다.

출발 지연으로 인해 로마에서 시칠리아의 카타니아로 가는 연결편을 놓친다. 마침내 그 섬에 도착한 뒤에도 타오르미나까지 또 오랫동안 차를 타야 하고, 호텔에 도착하니 이미 밤이다. 콧수염이 난 프런트 직원이 내게 방 열쇠를 준다. 로비의 작은 소파에는 일곱 살쯤 된 귀여운 남자아이가 잠들어 있다. 프런트 직원이랑 똑같이 생기고 콧수염만 없는 아이다. 나는 옷을 전부 입은 채로 침대에 기어올라 곧바로 잠든다.

밤은 길고 어둡고, 꿈도 꾸지 않는 한순간에 흘러가지만, 아침이 그것을 대신한다. 창문을 열고 보니 나는 꿈속에 있다. 내 눈앞에 해변과 석조 주택들이 이루는 황홀한 풍경이 펼쳐져 있다. 길게 산책을 하는 동안 여러 사람들이 열렬히 손을 흔들어주고 엉터리 영어로 몇 차례 대화를 나누니 그곳의 비현실적인 느낌이 더욱 고조된다. 누가 뭐래도, 나는 이 바다를 잘 알고 있다. 그곳은 텔아비브에 있는 우리집에서 오

분만 걸으면 나오는 바다와 마찬가지인 지중해이지만, 이 지역 사람들에게서 흘러나오는 평화와 고요함은 난생처음 보는 것이다. 같은 바다이되, 내가 늘 그 위에서 보는 무시무시한 존재의 먹구름이 사라진 바다다. 어쩌면 시몬 페레스*가 그 옛날 순수하던 시절에 "새로운 중동"이라고 이야기하면서 떠올린 것이 바로 이런 느낌일 것이다.

이 행사는 타오르미나에서 처음으로 개최된 도서 페스티벌이다. 조직위원회 사람들은 굉장히 친절하고 분위기도 편안하다. 이 페스티벌은 관객이 부족한 것만 제외하면 모든 것을 갖춘 듯 보인다. 그렇다고 내가 주민들을 비판하는 것은 아니다. 무더운 7월, 이런 낙원의 심장부에 살고 있다면, 세상에서 가장 아름다운 해변에서 하루를 보내겠는가, 아니면 모기가 득실거리는 공원에서 머리를 산발하고 괴상한 억양의 영어를 구사하는 작가 때문에 머릿속이 띵해져 있겠는가?

타오르미나의 조화로운 분위기 속에서는 관객이 적은 것도 실패로 간주되지 않는다. 나는 그렇게 다정하고 듣기 좋은 이탈리아어를 말하고 그렇게 황홀한 환경에서 사는 이 유쾌

---

* Shimon Peres. 이스라엘의 정치가. 2007년부터 2014년까지 대통령을 역임했으며 중동 지역의 평화 정착 가능성을 주장했다.

한 사람들은 종기와 역병도 다 이해한다는 미소를 띠며 받아들일 것이라고 생각한다. 행사가 끝나고, 온화한 태도의 영어 통역사가 검은 바다를 가리키면서 낮에는 이탈리아 본토가 여기서 보인다고 한다. "저기 불빛 보이세요?" 그가 아주 작게 깜빡거리는 불빛을 가리키며 묻는다. "저게 바로 이탈리아의 최남단 도시 레지오 칼라브리아입니다."

내가 어릴 적, 부모님은 잠자기 전에 이야기를 들려주곤 했다. 제2차대전 중, 아버지와 어머니가 어렸을 적 그분들의 부모님한테 듣던 이야기는 책에서 나온 것이 아니었다. 책이 없었기 때문에 직접 지어낸 이야기들이었다. 내 부모님도 자녀가 생기자 그 전통을 따랐고, 나는 아주 어린 나이부터 그런 이야기를 듣는 것에 특별한 자부심을 느꼈다. 매일 밤마다 내가 잠자리에서 듣는 이야기는 어떤 가게에서도 살 수 없는 것이었기 때문이다. 그것은 나만의 것이었다. 어머니의 이야기에는 항상 난쟁이와 요정이 나왔고, 아버지의 이야기는 1946년부터 1948년까지 이탈리아 남부에서 살던 시절에 관한 것이었다.

이르군단* 단원들이 동료인 아버지에게 무기 구입을 맡겼고, 아버지는 몇 군데 알아보며 연줄을 찾다가 시칠리아 바다가 보이는 이탈리아 남단까지 찾아가게 되었다. 바로 레지오 칼라브리아였다. 거기서 아버지는 지역 마피아와 어울리게 되었고, 결국 이르군단이 영국인들과 싸우는 데 쓸 라이플총을 팔도록 설득했다. 아버지는 아파트를 빌릴 돈이 없었기 때문에 마피아는 소유하던 윤락업소에서 그를 공짜로 재워주었고, 그때가 아버지에게는 평생 최고의 시절이었던 것 같다.

아버지가 해준 이야기의 주인공은 항상 술주정뱅이와 매춘부들이었고, 어린 나는 그 이야기를 굉장히 좋아했다. 그때 나는 아직 술주정뱅이와 매춘부가 무엇인지 몰라도 마법은 알고 있었는데, 아버지의 이야기는 마법과 동정심으로 가득했다. 이제 사십 년이 지나, 어린 시절에 듣던 이야기의 세계에서 멀지 않은 이곳에 내가 와 있다. 전쟁이 끝난 뒤 당시 열아홉 살의 나이였던 아버지가, 여러 가지 고난과 어두운 골목길에도 불구하고 이렇게 평화롭고 고요한 느낌을 풍기는 이곳에 왔을 때를 상상해본다. 전쟁중에 아버지가 목격한 공포와 잔인함에 비해, 지하세계에서 사귄 새로운 지인들이 아버지의 눈에 어떻게 보였는지 상상하기는 어렵지 않다. 그들은

* Irgun. 유대인 군사 지하조직.

행복해 보였을 것이고, 심지어 동정심 가득한 모습으로 느껴졌을 것이다. 아버지가 길을 걸어가면 미소를 띤 얼굴들이 감미로운 이탈리아어로 인사를 건넬 것이고, 아버지는 어른이 된 후 처음으로 두려워할 필요도, 유대인이라는 사실을 감출 필요도 없다.

오래전 아버지가 들려준 이야기를 다시 구성해보다가, 매혹적인 줄거리 이외에도, 내게 뭔가 교훈을 주려는 의도가 있었음을 깨닫는다. 전혀 희망이 보이지 않는 곳에서도 좋은 것을 발견해야만 하는, 인간의 필사적인 욕구. 현실을 미화하지는 않되, 추한 것을 좀더 나아 보이게 하고, 흉터 남은 얼굴의 사마귀와 주름살에 애정과 공감을 일으키는 각도를 찾고자 하는 욕망. 그리고 이곳, 아버지가 떠난 지 육십삼 년이 지난 시칠리아에서 몇십 명의 시선과 여러 개의 빈 플라스틱 의자를 마주하고 있으니, 그 어느 때보다도 그 일을 잘 해낼 수 있을 것 같은 느낌이 문득 든다.

셋째 해

Year Three

놀이터에서의 패배

자랑하고 싶진 않지만, 나는 아들이 텔아비브에서 가장 좋아하는 곳인 에스겔 공원에 아이들을 데려오는 부모들 사이에서 독특한, 어느 정도는 신비한 지위를 얻게 되었다. 이 특별한 성과는 내가 가지고 있을지도 모르는 압도적인 카리스마 덕이라기보단, 평범하고 재미없는 두 가지 특징 때문이라고 생각한다. 나는 남자이고, 일을 거의 하지 않는다는 것 말이다.

에스겔 공원에서 나는 '하-압바'라고 불리는데, "아버지"라는 뜻이다. 공원에 늘 드나드는 사람들이 큰 존경심을 담아서 부르는, 상당히 종교적이면서도 유대인과는 살짝 어울리지 않는 별명이다. 주위에 사는 아버지들 대부분은 매일 아침

출근을 하니, 그토록 오랜 세월 나를 괴롭혀온 타고난 게으름이 마침내 남다른 감수성과 애정, 아이들의 다치기 쉬운 어린 영혼을 진정으로 이해하는 능력으로 해석되는 것이다.

"아버지"로서 나는 얼마 전까지도 낯설기만 했던 다양한 주제의 대화에 적극적으로 참여할 수 있고, 수유, 모유 유축기, 천기저귀와 일회용 기저귀의 상대적 장점 등에 대한 지식을 넓힐 수 있다. 그런 것을 이야기하다보면 거의 변태적일 정도로 위안이 되는 면이 있다. 지금 이 순간 살아 있다는 것이 예외적인 현상이며 전혀 사소한 일이 아니라고 여기고 있고, 구글 알리미의 관심 주제가 "이란 핵개발"과 "유대인+민족학살" 사이의 좁은 영역에 국한되어 있는, 스트레스에 시달리는 유대인으로서, 유기농 세제를 사용한 젖병 소독과 아기의 엉덩이에 난 붉은 발진에 대해 이야기하며 보내는 평온한 몇 시간만큼 즐거운 것은 없다. 하지만 이번주에 이 마법은 끝나버렸고, 나만의 천국에도 정치 현실이 슬며시 비집고 들어왔다.

"있잖아요," 세 살배기 론의 어머니인 오리트가 천진한 표정으로 물었다. "레브가 자라면 군대에 가게 될까요?" 나는 완전히 당황하고 말았다. 지난 삼 년 동안, 아들의 장래에 대한 몇 가지 추측성 질문과 맞닥뜨렸지만, 대부분은 짜증나긴 하지만 위협적이진 않은, '네 옷차림으로 미루어보건대 돈은 별로 없는 모양인데도 아들에게 예술가가 되라고 조언하겠는가' 따위의 질문이었다. 하지만 군 입대에 관한 질문에 나는 수십 명의 튼튼한 아기들이 친환경 천기저귀를 찬 채로 소형 조랑말을 타고서 분홍빛 손에는 무기를 들고 무시무시한 함성을 지르며 산에서 내려오는 광경이 보이는, 전혀 다른 초현실적 세계에 들어가고 말았다. 그리고 그들을 마주하고서, 통통한 레브가 지저분한 군복과 군용 조끼를 입고 혼자 서 있다. 작은 손에는 총검이 들려 있고, 녹색 철모가 너무 커서 아이의 눈을 가리고 있다. 첫 줄의 기저귀 기병대가 레브 바로 앞까지 다가왔다. 레브는 총을 어깨에 대고 한쪽 눈을 감고 조준하는데……

"어떻게 하실 거예요?" 오리트가 불쾌한 환상 속에서 나를 깨웠다. "레브를 군대에 보내실 거예요, 말 거예요? 설마 아직도 그 문제를 의논해보지 않은 건 아니겠죠." 아내와 내가 우리 아기의 군 입대 문제를 논의하지 않았다는 사실이 홍역 예방접종을 생략한 것이나 마찬가지라는 듯, 그녀의 어조에는 비난의 기색이 역력했다. 나는 너무나 자연스레 찾아온 죄책감에 사로잡히기를 거부하고 막힘없이 대답했다. "아뇨, 그 얘기는 아직 안 해봤어요. 아직 시간이 있으니까요. 이제 세 살인걸요."

"아직 시간이 있다고 생각하면 천천히 생각해봐요." 오리트는 냉소적으로 받아쳤다. "아사프랑 나는 론에 대해 이미 마음을 정했어요. 군대엔 안 보낼 거예요."

그날 밤, 텔레비전 뉴스를 보다가 아내에게 에스겔 공원에서 있었던 기묘한 사건에 대해 이야기했다. "이상하지 않아?" 내가 말했다. "아직 속옷도 혼자 못 입는 애의 입대를 거론하다니."

"전혀 이상하지 않아." 아내가 대답했다. "당연한 거야. 나한테는 공원 엄마들이 다 그 이야기를 했는걸."

"그럼 왜 나한테는 여태 안 했던 거지?"

"당신은 남자니까."

"내가 남자인 게 뭐." 내가 반박한다. "모유 수유 이야기는 아무렇지도 않게 하면서."

"당신이 모유 수유에 대해서는 이해해주고 공감하지만, 군 입대에 대해서는 공격적이리라는 걸 그 사람들도 아니까."

"공격적이지 않았어." 나는 변명을 했다. "아이가 이렇게 어린데 이야기하기는 좀 이상한 주제라고 했지."

"나는 레브가 태어난 날부터 그 문제를 고민했어." 아내가 털어놓았다. "그리고 이제 말이 나왔으니 말인데, 나는 레브가 군대 가는 걸 원하지 않아."

나는 아무 말도 하지 않았다. 침묵을 지키는 것이 나을 때도 있다는 것을 경험으로 배웠다. 그러니까, 나는 침묵을 지키려고 적어도 노력은 했다는 말이다. 인생은 내게 좋은 조언을 해주지만, 나는 가끔 그것을 받아들이지 않을 때가 있다. "그런 식으로 말하는 건 너무 부모 마음대로 하려는 것 같아." 나는 마침내 이렇게 말했다. "따지고 보면 결국 그런 일은 레브가 직접 결정해야 할 문제야."

"십오 년 뒤에 감람산에 가서 군 장례식에 참석하느니, 차라리 간섭쟁이 부모가 되고 말겠어. 아들을 생명의 위협에서 벗어나게 하는 게 내 마음대로 하는 거라면, 나는 마음대로 하는 엄마야." 아내가 대답했다.

그 시점에서 논쟁이 가열되었고 나는 텔레비전을 껐다. "당신이 무슨 소릴 하는지 잘 들어봐." 내가 말했다. "군 입대가 무슨 익스트림 스포츠라도 되는 것처럼 말하고 있잖아. 하지만 어쩌라고? 우린 우리 생명이 군대에 달려 있는 세상에서 살고 있어. 그러니 당신이 하는 말은, 다른 애들을 군대에 보내 희생시키고 레브는 아무 위험도 없이, 이 상황이 요구하는 의무도 지지 않고 그냥 즐기며 사는 편이 낫다는 거야."

"아니," 아내가 대답했다. "우리는 오래전에 평화적인 해결책에 도달할 수 있었고 지금도 그럴 수 있다는 말이야. 그리고 우리 지도자들이 그 해결책을 선택하지 않은 건 대부분의 사람들이 당신 같다는 걸 알기 때문이라는 말이고. 자기 자식의 생명을 정부의 무책임한 손에 주저 없이 맡기는 사람들 말이야."

나는 아내의 말에 대답하려고 했지만, 또 한 사람의 커다란 눈이 날 보고 있는 것을 느꼈다. 레브가 거실 입구에 서 있었다. "아빠," 레브가 물었다. "엄마랑 왜 싸워?"

"엄마랑 아빠는 싸우는 게 아니야." 나는 임기응변을 짜내보려고 했다. "이건 진짜 싸움이 아니야. 그냥 훈련이지."

오리트와의 대화 이후로 공원의 엄마들 중 그 누구도 내게 레브의 군 복무 이야기를 꺼내지 않았다. 하지만 나는 아직도 레브가 제복을 입고 라이플총을 든 모습을 머릿속에서 지울 수 없다. 바로 어제, 모래 상자에서 레브가 오리트의 평화주의자 아들 론을 밀치는 것을 보았고, 집에 오는 길에는 막대

기를 들고 고양이를 쫓는 것을 보았다. "아빠, 저축을 시작하는 게 좋겠어." 나는 스스로에게 말한다. "변호사 비용을 모아둬. 네가 키우는 건 단순한 군인이 아니라, 전범이 될 수도 있는 아이야." 그런 생각을 아내와 나눌 수 있다면 좋겠지만, 지난번 충돌에서 가까스로 살아남았는데 또 충돌에 돌입하고 싶지 않다.

우리는 일종의 협정을 맺고 논쟁을 끝낼 수 있었다. 우선, 나는 공정하게 느껴지는 해결책을 제안했다. 아이가 열여덟 살이 되면 직접 결정하도록 하는 것이다. 하지만 아내는 그것을 거부하며 아이는 주위의 사회적 압박이 심해 진정 자유로운 선택을 할 수 없을 거라고 주장했다. 결국 지쳐서, 그리고 다른 해결책이 없어서, 우리는 두 사람 모두 진정으로 동의하는 유일한 원칙에 타협하기로 했다. 앞으로 십오 년 동안 가족과 지역 평화를 위해 힘쓰는 것으로.

스웨덴의 꿈

지난주에 있었던 스웨덴의 예테보리 도서 박람회 방문은 스트레스와 함께 시작되었다. 북유럽 최대 규모의 놀이공원을 자랑하는 그 평화로운 도시에 도착하기 몇 주 전 그곳 타블로이드 신문에서, 이스라엘 방위군에 의해 살해된 팔레스타인인들에게서 이스라엘인들이 장기를 적출해간다고 비난하는 기사를 냈다. 그 기사는 엄청난 논리적 비약을 통해, 이스라엘군이 1990년대 초에 저질렀다는 확증도 없는 일에 대한 비난을, 2009년 인간 장기를 밀거래한 것으로 기소된 뉴저지주의 한 랍비와 연결시켰다. 마치 십 년 이상의 세월과 수천 마일의 거리가 아무런 의미도 없다는 듯이 말이다. 그 기사에서 빠진 유일한 것은, 기독교인 어린이의 피로 만든 무교

병* 레시피뿐이었다.

이스라엘 정부는 그 터무니없는 보도를 보고 스웨덴 총리에게 사과를 요구했는데, 이도 마찬가지로 터무니없는 대응이었다. 당연히 스웨덴 측에서는 언론의 자유를 주장하며 거부했다. 이 경우에는 특별히 고급한 언론은 아니었지만 말이다. 그러자 이스라엘은 꼭 그런 수준의 분쟁에 대비해 감추어 두는 무기를 곧장 꺼내들었는데, 바로 이케아 불매운동이었다. 이처럼 격앙된 정치적 소용돌이 속에서, 이 몸은 예의 바른 스웨덴 독자 청중과 함께 유대교 신년제Rosh Hashanah를 보내게 되었다. 독자들은 강연을 잘 들었다고 감사 인사를 건넸지만, 내가 책에 사인을 할 때는 신장을 도둑맞지 않으려고 눈을 크게 뜨고 주위를 살폈다.

그런데 스웨덴에서 정말로 극적인 상황은 속죄일 전까지 이스라엘에 돌아갈 수 없을지도 모른다는 것을 깨달았을 때 시작되었다. 지난 몇 년 동안 나는 상당수의 명절을 해외에서 보냈고, 주위 사람들에게는 가련한 척, 징징거리는 척하면서도, 머리 위 하늘을 날아가는 공군의 에어쇼를 보지 않고 독

* 유대인들이 이집트로부터의 해방을 기념하는 유월절에 먹는 발효하지 않은 빵.

립기념일을 지내거나 명절 만찬 초대를 거절했다고 화가 난 친척들 없이 오순절 전야를 보낼 수 있게 된 것을 후련해했다. 그렇지만 속죄일만큼은 늘 이스라엘에서 지내기 위해 애를 썼다. 지금까지 평생 말이다.

주최 측의 요령 있는 여행사 직원의 도움으로 귀국 항공편 문제가 해결된 그날 밤, 나는 성공적으로 행사를 치른 것을 축하하기 위해 사람들을 현지 스웨덴 레스토랑으로 초대했다. 그 레스토랑은 무슨 영문인지 크라쿠프라는 곳이었고, 당연히 체코 맥주를 다양하게 구비한 것으로 유명했다. "이제 모든 일이 해결되었으니 그 명절이 대체 뭐가 그렇게 특별한지 설명해주실 수 있겠죠." 스웨덴의 젊은 출판사 대표가 물었다. 그래서 차가운 감자 샐러드와 생맥주로 배를 채운 나는 반쯤 취한 스웨덴 문학계 인사들에게 속죄일이 무엇인지 설명했다.

스웨덴인들은 내 설명을 귀기울여 들으며 매혹되었다. 도시에 자동차가 한 대도 다니지 않는 날, 사람들이 지갑도 챙기지 않고 걸어 다니고, 상점은 모두 문을 닫고, 텔레비전 방송도 없고, 웹사이트 업데이트조차 없는 날이라는 설명을 듣더니, 그들은 속죄일이 고대의 유대 명절보다는 나오미 클라인*이 내놓은 혁신적인 개념 같다고 했다. 그날이 타인에게 용서를 구하고 도덕적 점검을 하는 날이기도 하다는 사실은 60년대 히피풍의 느낌까지 곁들여, 반소비주의를 더욱 강조해주었다. 그리고 금식은 그들이 바로 그날 아침 아주 멋들어지게 설명해준, 최근 유행한다는 저탄수화물 다이어트의 극단적인 형태 같았다. 그렇게 나는 어설픈 영어로 고대 히브리 의식을 설명하면서 그날 저녁을 시작했고, 어쩌다보니 나도 모르는 사이에 전 우주에서 가장 많은 사람들이 원하는 가장 멋진 명절을, 모든 축제의 아이폰에 해당하는 그날을 홍보하고 있었다.

경탄하던 스웨덴 사람들은 그렇게 멋진 종교를 가진 사람으로 태어난 나를 향한 부러움에 휩싸였다. 그들은 당장이라도 할례를 해줄 수 있는 모헬**이 있는지 레스토랑 손님들을 살폈다.

이십육 시간 뒤, 나는 아내와 함께 텔아비브에서 가장 통행량이 많은 주요 도로 한가운데를 따라 걷고 있었고, 아들은 보조 바퀴가 달린 자전거를 타고 뒤따르고 있었다. 하늘에서

---

* 베스트셀러 작가이자 자본주의 시스템을 비판하는 캐나다의 사회운동가.

** mohel. 유대교에서 할례를 거행하는 종교인.

는 새들이 아침 노래를 지저귀고 있었다. 나는 성인이 된 후 내내 그 거리를 다니며 살았지만, 새소리가 들리는 날은 속죄일뿐이다.

"아빠," 아들이 힘차게 페달을 밟으며 물었다. "내일도 속죄일이지?"

"아니," 내가 말했다. "내일은 평일이란다."

아이가 울음을 터뜨렸다.

나는 거리 한가운데 서서 아이가 우는 것을 보았다. "어서," 아내가 내게 속삭였다. "잘 달래줘."

"뭐라고 해야 할지 모르겠어, 여보." 나도 속삭였다. "나도 울고 싶은걸."

성냥개비 전쟁

지난달 가자에서 전투가 시작된 뒤로 여가 시간이 많아졌다. 내가 가르치는 베에르셰바의 대학교는 하마스가 발사하는 미사일 사정거리 내에 있었기 때문에 학교를 폐쇄해야 했다. 하지만 이 주 후에 학교가 다시 열고 나니, 텔아비브의 집에서 베에르셰바까지 한 시간 반 동안 기차를 타고 다니는 생활로 돌아갔다. 학생 중 절반, 주로 중앙 지역에서 통학하는 학생들은 출석하지 않았지만, 베에르셰바에 사는 절반은 출석했다. 어차피 머리 위로 폭탄이 투하되고 있었으니, 대학교 강의실이 기숙사나 주택단지보다는 안전하다는 것이 그들의 생각이었다.

구내식당에서 커피를 마시고 있는데 밖에서 공습 대피 경보가 울렸다. 제대로 된 방공호로 갈 시간이 없어서 다른 사람들과 함께 근처 대학 건물의 벽이 두껍고 창문이 거의 없는 현관으로 달려갔다. 주위에는 겁먹은 표정의 학생 몇 명과 아무 일도 아니라는 듯 진지한 얼굴로 콘크리트 계단에 앉아 샌드위치를 계속 먹는 강사가 있었다. 학생 둘은 멀리서 폭발음이 들렸으니 나가는 것이 안전할 것 같다고 했지만, 강사는 입에 샌드위치를 잔뜩 문 채로 미사일을 한 차례 이상 쏠 때도 있으니 좀더 기다리는 편이 낫다고 했다. 거기 있는 동안 나는 코비를 알아보았다. 라마트간에서 살던 시절 알고 지낸 특이한 아이였는데, 5학년을 너무 좋아해서 이 년이나 다닌 친구였다.

마흔두 살의 코비는 하나도 변한 게 없었다. 특별히 젊어 보이는 건 아니었다. 단지, 그는 초등학교 때도 중년이 다 되어가는 것처럼 보였을 뿐이다. 털이 잔뜩 난 두꺼운 목에, 힘이 센 몸, 훤한 이마, 이 어리석은 세상에 대해 이미 한두 가지는 알고 있는 듯한, 웃고 있긴 하지만 터프한 표정의 아이. 돌이켜보면 그가 이미 면도를 한다고 아이들끼리 수군거리던 이야기는 어쩌면 사실이었을지도 모른다.

"이게 얼마 만이지?" 코비가 날 끌어안으며 말했다. "너 하나도 안 변했잖아." 그리고 좀더 정곡을 찔렀다. "키도 초등학교 때랑 똑같네."

코비와 나는 어떻게 지냈는지 이야기를 나누었고, 좀 지나서 주위 사람들이 그곳에서 나가도 될 정도로 안전해졌다고 판단하자 우리 둘만 남았다. "저 로켓은 행운의 공격이었어." 코비가 말했다. "생각해보라고. 카삼*의 로켓이 아니었으면, 우리는 서로 스쳐지나가고 만나지도 못할 뻔했잖아."

코비는 근처에 살지 않는다고 했다. 그는 이 주위를 살펴보러 왔다. 베에르셰바가 로켓 사정거리에 있으니 부동산 투자 가능성이 상당히 커진 것이다. 땅값은 떨어질 것이다. 정부에서는 추가로 건설 허가를 내줄 것이다. 한마디로, 패를 잘 굴리는 기업가라면 큰 기회를 발견할 수 있다.

우리가 마지막으로 만난 것은 근 이십 년 전이었다. 그때도 미사일 때문이었다—사담 후세인이 라마트간에 퍼부었던 스커드 미사일이었다. 코비는 그때까지도 고향에서 살고 있었다. 나는 라마트간을 떠나지 않겠다는 고집 센 부모님과 함께 지내기 위해 돌아와 있었다. 코비는 우지와 나를 부모님 아파

---

* 하마스 산하의 무장 단체.

트에 데려가서 '무기와 성냥 박물관'이란 것을 보여주었다. 거기 그가 어릴 때 쓰던 방 벽에는 검과 권총, 심지어 도리깨까지, 굉장한 무기들이 걸려 있었다. 그 아래는 코비가 성냥으로 만든 커다란 에펠탑과 실제 크기의 기타가 놓여 있었다. 코비는 그 박물관이 원래는 무기만을 모은 곳이었지만, 전시회에서 수류탄을 훔친 죄로 기소되어 팔 개월간 수감돼 있는 동안 에펠탑과 기타를 만들어 컬렉션에 추가했다고 설명했다.

그 시절 코비는 이라크의 미사일 공격 때문에 수감 기간의 대부분을 써서 만든 에펠탑이 부서질까봐 염려했다. 오늘 그의 성냥 모형은 아직도 부모님 집에 있지만, 라마트간은 미사일과 로켓 사정거리 밖에 있다. 그가 말했다. "성냥 에펠탑에 대해서라면, 지난 이십 년 사이에 상황은 확실히 좋아졌지. 나머지에 대해서는 잘 모르겠어."

베에르셰바에서 퇴근하는 기차에서 나는 누가 좌석에 두고 간 신문을 읽었다. 가자 동물원의 사자와 타조에 대한 기사가 있었다. 그들은 폭격에 고통받고 있으며, 전쟁이 시작된 이후로 규칙적으로 먹이를 제공받지도 못했다. 한 여단 사령관이 사자 한 마리를 구출해서 이스라엘로 이동시키는 작전을 수행하려고 했다. 또하나, 사진도 없는 더 짧은 기사는 지금까지 가자 폭격에서 사망한 어린이 수가 삼백을 넘는다고 보도했다. 타조들과 마찬가지로, 그곳의 나머지 아이들도 스스로 알아서 살아남아야 했다. 성냥 에펠탑의 시절에 비하면 우리 상황은 실제로 몰라볼 만큼 나아졌다. 나머지에 대해서는, 코비와 마찬가지로 나도 잘 모르겠다.

우상 숭배

세 살 때 나는 열 살짜리 형이 있었고, 내심 내가 자라면 형이랑 똑같이 되기를 바랐다. 그렇다고 그럴 가망이 있었던 건 아니다. 형은 이미 두 학년을 월반했고, 원자물리학부터 컴퓨터 프로그래밍, 키릴문자에 이르기까지 박학다식한 선망의 대상이었다. 그 무렵 형은 나를 진지하게 걱정하기 시작했다. 형이 『하아레츠』 신문에서 읽은 한 기사는 글을 읽을 줄 모르는 사람은 직업 시장에서 제외된다고 했고, 형은 사랑하는 세 살배기 동생이 일자리를 찾기 어려울까봐 근심이 되었다. 그래서 형은 "추잉 껌 방법"이라는 독특한 기술을 써서 내게 읽고 쓰기를 가르치기 시작했다. 방법은 다음과 같았다. 형이 단어를 가리키면 나는 소리 내어 읽어야 했다. 제대로 읽으면 형은 내게 새 껌을 하나 주었다. 잘못 읽으면 형은 씹던 껌을 내 머리카락에 붙였다. 이 방법은 효과가 좋았고, 네 살 때 유치원에서 글을 읽을 줄 아는 아이는 나뿐이었다. 언뜻 보았을 때 벌써 머리가 벗어지는 것처럼 보이는 아이도 나뿐이었다. 하지만 그건 상관없는 이야기다.

다섯 살 때 나는 신을 만나 유대교 기숙학교에 들어간 열두 살의 형이 있었고, 내심 내가 자라면 형이랑 똑같이 되기를 바랐다. 형은 종교에 대해 내게 많은 이야기를 해주었다. 그리고 나는 형이 이야기해준 미드라시*가 세상에서 가장 멋진 것이라고 생각했다. 형은 학교에서 가장 어린 학생이었지만—월반을 많이 했기 때문이다—모두가 형을 우러러보았다. 형이 그렇게 똑똑해서가 아니라—무슨 영문인지 기숙학교에서 똑똑함은 그렇게 중요하지 않았다—형의 성격이 너무 좋고 남을 잘 돕기 때문이었다. 부림절** 축일에 형을 찾아간 것이 기억나는데, 만나는 학생마다 형에게 각기 다른 이유로 고맙다고 인사했다. 한 명은 시험공부를 도와줘서 고맙다고 했고, 한 명은 라디오를 고쳐줘서 헤비메탈을 몰래 들

* 구약성경에 대한 고대 유대인의 주석.

** 유대인들을 학살하려던 하만(Haman)의 음모를 막아낸 에스델(Esther)을 기리는 날.

을 수 있었다고 했고, 또 한 명은 중요한 축구 경기 전에 운동화를 빌려줘서 고맙다고 했다. 형은 마치 너무 겸손하고 약지 못한 성품이라 자기가 왕이라는 것을 모르는 왕처럼 그곳을 돌아다녔고, 나는 형의 고귀함을 잘 알고 있는 왕자처럼 졸졸 따라다녔다. 그때는 나도 장차 신을 믿을 것이라고 생각했던 기억이 난다. 결국 모든 것을 아는 형이 창조주를 믿는다면, 창조주는 존재하는 것이 분명했다.

여덟 살 때 나는 종교를 떠나 수학과 컴퓨터 공학을 공부하러 대학에 들어간 열다섯 살의 형이 있었고, 내심 내가 자라면 형이랑 똑같이 되기를 바랐다. 형은 안경을 쓴 스물네 살의 여자친구와 아파트에서 함께 살았는데, 어린아이 눈에 스물넷은 엄청나게 많은 나이처럼 느껴졌다. 그들은 키스하고, 맥주를 마시고, 담배를 피웠으며, 나는 잘만 하면 칠 년 후에 나도 그렇게 될 거라고 확신했다. 나도 바르일란 대학교 잔디밭에 앉아서 구내식당에서 산 그릴드 치즈 샌드위치를 먹을 것이다. 나도 안경을 쓴 여자친구를 사귀고, 그녀가 내게 키스할 것이다. 혀랑 다 써서. 그보다 더 나은 일이 무엇이란 말인가?

열네 살 때 나는 레바논 전쟁에 참전한 스물한 살의 형이 있었다. 반 친구들 여럿에게도 그 전쟁에서 싸운 형들이 있었다. 하지만 내가 알기로 그 전쟁에 찬성하지 않은 사람은 내 형뿐이었다. 군인이었음에도 형은 총을 쏘고 수류탄을 던지는 것, 특히 적을 죽여야 하는 필요성에 흥분하지 않았다. 형은 군대에서 보내는 대부분의 시간 동안은 시키는 대로만 했고, 나머지 시간은 군사재판을 받았다. 형이 안테나를 가지고 머리와 독수리 날개가 달린 거대한 토템 폴을 만들어, 재판에서 "이스라엘 방위군으로서 합당치 않은 행동"으로 유죄 판결을 받았을 때 나는 누나와 함께 형이 갇혀 있던 네게브의 외딴 기지로 숨어들어갔다. 우리는 형과 또다른 군인 모스코와 함께 카드놀이를 한참이나 했다. 모스코도 갇혀 있었지만 형보다는 조금 덜 창의적인 죄목이었다. 형이 군복 바지를 입고 상체를 드러낸 채 기지 옆으로 흐르는 와디*를 수채 물감으로 그리는 것을 보면서, 나도 자라서 꼭 저런 사람이 되고 싶다고 생각했다. 제복을 입고 있어도 자유로운 영혼을 잃지 않는 군인 말이다.

형의 기지에 몰래 숨어들어갔던 때로부터 많은 세월이 지

* 중동 지역에 있는, 우기에만 물이 흐르는 수로.

났다. 그사이에 형은 결혼을 하고, 이혼을 하고, 다시 결혼을 했다. 형은 잘나가는 하이테크 회사에서 일하기도 했고, 그곳을 그만두고서 두번째 부인과 함께 기자들이 "급진적"이라고 부르는 사회·정치 운동에 헌신했다. 생체정보 수집이나 경찰의 가혹행위에 반대하고, 인권과 마리화나 합법화를 위해 싸우는 등의 운동이었다. 그동안 나도 자라서 변했고, 우리가 서로에게 늘 느껴온 애정 이외에 우리 사이에 변함없는 것이라고는 일곱 살의 나이 차밖에 남지 않았다. 그 긴 여정을 통해 나는 형과 조금이라도 비슷한 사람이 되어보지 못했고, 어느 시점부터는 노력도 포기한 것 같다. 형의 낯선 길이 따르기 매우 어렵기 때문이기도 했고, 내게도 나름대로 위기와 혼란이 있었기 때문이었다.

지난 오 년 동안 형과 형수는 태국에서 살았다. 그들은 이스라엘인들을 위한 인터넷 사이트를 구축하고 조금 더 나은 세상을 만들고자 하는 국제기구를 조직하고, 그 일로 버는 적은 돈으로 뜨랏의 아늑한 아파트에서 아주 잘 살고 있다. 그들에겐 에어컨이나 욕조, 수세식 변기도 없지만, 세상에서 가장 맛있는 음식을 만들어주고 항상 기꺼이 그들을 찾아오거나 초대하는 좋은 친구와 이웃은 많다.

사 주 전, 아내와 레브와 함께 그들의 새집을 보러 찾아갔다. 그곳에서 지내는 동안 코끼리 투어를 했는데, 형의 코끼리가 내 코끼리보다 몇 걸음 앞서갔다. 두 마리 모두 경험 많은 태국 사람이 몰고 있었다. 몇백 미터를 간 뒤 형의 코끼리를 몰던 사람이 형에게 코끼리를 몰아보라고 손짓하는 것이 보였다. 그 태국 사람은 코끼리 뒤쪽으로 옮겨갔고, 형이 코끼리를 맡았다. 형은 그곳 사람이 하던 것처럼 코끼리에게 고함을 치거나 발로 툭툭 차지 않았다. 그냥 몸을 앞으로 숙이더니 코끼리 귀에 뭐라고 소곤거렸다. 내가 있는 곳에서 보니, 코끼리가 고개를 끄덕이더니 형이 원하는 곳으로 방향을 바꾸는 것처럼 보였다. 그리고 그 순간, 그것이 되살아났다—어린 시절과 십대 시절 내내 가졌던 느낌. 형에 대한 자부심과 자라서 형처럼, 목소리를 높일 필요 없이 코끼리를 몰아 원시림을 가로지를 수 있는 사람이 되고 싶다는 소망 말이다.

넷째 해

Year Four

미사일 발사

근 사 년 전에 아들 레브가 태어나기 몇 주 전, 두 가지 묵직한 철학적 쟁점이 전면에 부상했다.

첫째, 아이가 엄마를 닮을 것인가, 아빠를 닮을 것인가는 태어나자마자 곧바로 명백하게 해결되었다. 아이는 예뻤다. 아내는 이렇게 표현했다. “아이가 당신한테서 물려받은 건 등에 난 털뿐이네.”

그리고 두번째 문제, 아이가 자라서 무엇이 될 것인가는 그 애 인생 첫 삼 년에 걸쳐 계속된 관심사였다. 짜증을 잘 부리는 걸 보면 택시 기사 자격이 있었다. 변명을 엄청나게 잘하는 능력은 법조인으로 성공할 자질 같았다. 그리고 타인을 끊임없이 지배하는 능력은 어느 전체주의 정부의 고위 관리가 될 잠재력을 보여주었다. 하지만 지난 몇 달 동안 아들의 통통한 장밋빛 미래를 에워싸고 있던 안개가 걷히기 시작했다. 아이는 아마 우유 배달원이 될 것이다. 그게 아니라면 매일 아침 다섯시 삼십분에 일어나 우리를 덩달아 깨우는 이 귀한 능력을 낭비하고 마는 셈이니까 말이다.

이 주 전, 수요일 다섯시 삼십분에는 초인종 소리가 아이를 대신했다. 파자마 바지만 입은 채로 문을 여니 우지가 시트처럼 새하얗게 질려 서 있었다. 우지는 발코니로 나가 초조한 얼굴로 담배를 피우면서 말하길, 우리와 함께 초등학교를 다닌 정신 나간 꼬마였고, 군에 들어가 정신 나간 고급 장교가 된 친구 S와 저녁을 먹었다고 했다. 후식을 먹던 무렵, 우지가 얼마 전의 조금 수상쩍은 부동산 거래로 큰 이익을 볼 거라고 자랑을 하고 나니, S가 자기 책상에 비밀 서류가 올라왔다고 이야기했다. 그 서류는 이란 대통령의 심리 구조에 관한 것이었다. 해외 정보기관에서 작성한 그 서류에 따르면, 마무드 아마디네자드는 세계 지도자 중에서도 유례가 없을 만큼 제정신이 아닌 인물로, 공개적으로 드러내는 것보다 닫힌 문 저편에서 표출하는 실제 가치관이 훨씬 더 광적이라는 것이다.

“거의 항상 반대이기 마련이거든.” S는 이렇게 설명했다고 한다. "다른 지도자들은 물지는 않고 짖기만 하지. 하지만 아마디네자드는, 지구상에서 이스라엘을 제거해버리겠다는 집념이 말로 드러내는 것보다 실제로 훨씬 더 강한 것 같아. 그리고 너도 알듯이 그 사람은 그런 말을 꽤 자주 하잖아."

"알겠어?" 우지가 비지땀을 흘리며 물었다. "이란의 그 미치광이가 자기 나라를 완전히 소멸시키는 한이 있어도 이스라엘을 박살내겠다는 거야. 이슬람 전체의 관점에서 보면 그래도 승리니까. 그리고 몇 달 뒤면 그자도 핵폭탄을 갖게 돼. 핵폭탄을! 그걸 텔아비브에 투하하면 내게 어떤 재앙이 벌어지는지 알아? 난 여기서 아파트를 열네 채나 세주고 있다고. 제때 월세를 내는 방사능 돌연변이라는 거 들어봤어?"

"정신 차려, 우지." 내가 말했다. "핵폭탄이 떨어지면 너만 괴로운 게 아니야. 그러니까, 우린 여기 애도 있고……"

"애가 월세 계약이랑 무슨 상관이야." 우지가 외쳤다. "눈이 세 개 생기는 순간에 곧바로 파기해버릴 월세 계약을 애가 하겠냐고."

"우지 아저씨," 레브가 졸린 목소리로 등뒤에서 말하는 것이 들렸다. "나도 눈이 세 개 될 수 있어요?" 대화가 그 지점에 다다르자, 나도 담배에 불을 붙였다.

이튿날 아내가 내게 침실 천장에 누수 자국이 생겼으니 배관공을 불러달라고 했을 때, 우지와의 대화를 이야기했다. "S의 말의 옳다면 그런 건 시간과 돈 낭비야. 두 달 뒤면 도시 전체가 사라질 건데 뭐하러 고치겠어?" 나는 어쩌면 반년 정도 기다려 3월에도 무사히 살아남아 있다면 그때 천장을 수리해도 된다고 말했다. 아내는 아무 말도 하지 않았지만, 표정으로 봤을 때 현재 지정학적 상황의 심각성을 깨닫지 못한 것 같았다.

"그럼 당신 말을 내가 제대로 이해한 거라면 정원 정리도 미루자는 거겠네?" 아내가 물었다. 나는 고개를 끄덕였다. 레몬 묘목과 바이올렛을 낭비할 까닭이 없잖은가? 인터넷에 따르면 그것들은 방사능에 특히 민감하다는데.

나는 우지가 가져다준 정보 덕에 상당수의 집안일을 생략할 수 있었다. 나도 함께 하겠다고 동의한 유일한 주택 관리 작업은 바퀴벌레 박멸뿐이었다. 방사능 낙진도 그놈들은 막을 수 없을 테니까. 차츰 아내는 허름한 생활의 장점도 깨달아가기 시작했다. 이란이 이미 핵무기를 보유하고 있을지도 모른다고, 그다지 신뢰하기 어려운 어느 온라인 뉴스에서 경고하는 것을 본 뒤, 아내는 설거지를 그만둘 때라고 판단했다. “식기세척기에 세제를 넣고 있는 와중에 핵 공격을 받는 것보다 더 짜증나는 일은 없어.” 아내는 이렇게 설명했다. “지금부터는 당장 필요한 경우에만 설거지를 하는 걸로 해.”

이처럼 “어쨌든 산화할 거라면 호구처럼 죽지는 않겠다”는 철학은 식기세척기 칙령 이후에도 한참 동안 계속되었다. 우리는 재빨리 불필요한 바닥 걸레질과 쓰레기 처리를 중단했다. 아내의 기민한 제안에, 은행에 찾아가서 고액의 대출도 신청했다. 신속하게 행동한다면 은행에서 돈을 뜯어낼 수 있다고 생각한 것이다. “이 나라가 커다란 구덩이로 변해버렸는데, 우릴 찾아와서 대출 상환을 요구해보라지.” 우리는 더러운 거실에 앉아 거대한 새 플라스마 텔레비전을 보면서 웃어댔다. 짧은 생이라 하더라도 정말로 은행을 속여넘길 수 있다면 그렇게 통쾌한 일도 없을 것이다.

그러다 어느 날, 길거리에서 아마디네자드가 내게 다가오더니 얼싸안고 양 뺨에 입을 맞추고 유창한 이디시어로 “이흐 허브 디르 리브”라고, “형제여 사랑합니다”라고 말하는 악몽을 꿨다. 나는 아내를 깨웠다. 아내의 얼굴은 석고로 뒤덮여 있었다. 침대 위 천장의 누수 문제가 점점 더 심각해지고 있었다. “왜 그래?” 아내가 겁먹은 목소리로 물었다. “이란이야?"

나는 고개를 끄덕이긴 했지만, 곧 꿈에서 벌어진 일이라고 말하며 아내를 안심시켰다.

"이란이 우리를 몰살시키는 꿈?" 아내가 내 뺨을 쓰다듬으며 말했다. "나도 그런 꿈 밤마다 꿔."

"더 무서운 꿈이었어." 내가 말했다. "우리가 이란이랑 화해하는 꿈을 꿨어."

그 말에 아내는 정말 큰 충격을 받았다. "어쩌면 S의 말이 틀렸을지도 몰라." 공포에 질린 아내가 말했다. "어쩌면 이란이 공격을 안 할지도 몰라. 그러면 우리한테는 이 더럽고 다 쓰러져가는 집에, 빚더미에, 아직 당신은 채점을 시작도 안 했는데 1월까지 과제를 돌려줘야 하는 학생들만 남게 되는 거야. 그리고 에일랏에 사는 당신 성가신 친척들도. 유월절에 그들을 방문하기로 약속했잖아. 그때면 분명히……"

"개꿈이야." 나는 아내의 기운을 북돋워주려고 말했다. "아마디네자드는 미쳤어. 눈빛을 보면 알잖아." 하지만 이미 때는 늦었다. 아내를 있는 힘껏 끌어안고, 아내의 눈물이 내 목덜미에 흘러내리는 것을 느끼면서 이렇게 속삭였다. "여보, 걱정하지 마. 우린 둘 다 살아남았어. 우린 벌써 여러 일들을 겪어냈잖아. 질병, 전쟁, 테러 공격까지. 그러니 운명이 평화를 가져다준다면, 그것도 견뎌낼 수 있을 거야." 마침내 아내는 다시 잠들었지만, 나는 잠이 오지 않았다. 그래서 일어나서 거실을 치웠다. 내일 아침 일찍 배관공을 부를 것이다.

저 아저씨가 뭐라고 했어요?

택시에 타는 순간 싸한 느낌이 들었다. 내가 이미 아이 좌석벨트를 매어주었는데도 기사가 짜증을 부리며 벨트를 매라고 했다거나, 라마트간에 가자고 했더니 욕설 비슷한 말을 중얼거렸기 때문은 아니었다. 택시를 많이 타기 때문에 나는 기사들의 짜증, 안달, 겨드랑이 땀자국에 익숙하다. 하지만 그 기사의 말투에서 느껴지는 어떤 것, 난폭하기도 하고 울먹이는 것 같기도 한 그 느낌이 나를 불편하게 만들었다.

그때 레브는 거의 네 살이 다 되었고, 우리는 할머니 댁으로 가던 중이었다. 나와 달리 레브는 기사에겐 아랑곳없이 길가에서 자신을 향해 미소 짓고 있는 못생긴 고층 빌딩에만 집중하고 있었다. 아이는 자기가 지어낸 영어 비슷한 말로 〈옐

로우 서브머린〉을 조그맣게 부르고 있었고, 리듬에 맞추어 짤막한 다리를 흔들고 있었다. 한순간, 아이의 오른쪽 샌들이 택시 안의 플라스틱 재떨이를 건드려 재떨이가 바닥에 떨어졌다. 껌 포장지 말고는 아무것도 들어 있지 않았기에 떨어진 쓰레기는 딱히 없었다. 나는 이미 재떨이를 주우려고 몸을 구부렸는데, 기사가 갑자기 브레이크를 밟더니 몸을 돌려 세 살배기 아들에게 얼굴을 정말 바짝 들이대고는 외쳤다. "이 멍청한 놈아, 내 차를 망가뜨렸잖아. 바보 같으니!"

"이봐요, 미친 거 아닙니까?" 나는 기사에게 고함쳤다. "플라스틱 쪼가리 하나 때문에 세 살배기한테 소리를 질러요? 돌아앉아서 운전을 계속하지 않으면 다음주엔 아부 카비르 영안실에서 시체 면도나 하고 있을 줄 알아요. 다시는 대중교통 기사 일을 할 수 없을 테니. 알겠어요?" 그가 뭐라고 말하려고 하는 것을 보고 나는 이렇게 덧붙였다. "입 닥치고 운전이나 해요."

기사는 증오심 가득한 눈초리로 날 쳐다보았다. 그가 내 얼굴에 주먹질을 날리고 일자리를 버릴 가능성이 감돌고 있었다. 그는 아주 오랫동안 그럴까 생각하더니 깊은숨을 내뱉고 돌아앉아 1단 기어를 넣고 출발했다.

택시 라디오에서 바비 맥퍼린이 〈돈 워리 비 해피〉를 부르고 있었지만, 내 감정은 행복과는 거리가 멀었다. 레브를 보았다. 레브는 울지 않았고, 차가 꽉 막혀 천천히 움직이고 있었지만, 부모님 댁에 도착할 때까지 오래 걸리지 않을 것이었다. 그 불쾌한 택시 안에서 다른 희망의 빛을 찾아보려고 했지만 그럴 수 없었다. 레브를 쳐다보며 머리를 쓰다듬어주었다. 레브는 나를 빤히 쳐다보았지만 마주 웃지 않았다. "아빠," 레브가 물었다. "저 아저씨가 뭐라고 했어?"

"저 아저씨는," 나는 아무것도 아니라는 듯이 재빨리 말했다. "차에 타고 있을 때는 다리 움직일 때 조심해서 물건을 부수지 말아야 한다고 했어."

레브는 고개를 끄덕이고 밖을 내다보더니 잠시 후 다시 물었다. "그럼 아빠는 저 아저씨한테 뭐라고 했어?"

"나 말이니?" 시간을 조금 벌어보려고 이렇게 말했다. "나는 저 아저씨 말이 다 맞지만 할말은 조용히, 예의 바르게 해야지 고함을 치면 안 된다고 했어."

"하지만 아빠도 고함을 쳤잖아." 레브가 알 수 없다는 표정으로 말했다.

"그렇지," 내가 말했다. "잘못한 거지. 그래서 말이야, 이제 사과할 거야."

나는 기사의 털이 잔뜩 난 두꺼운 목에 입이 거의 닿도록 몸을 앞으로 숙이고 크게, 선언하듯이 말했다. "기사님, 소리를 질러서 미안합니다. 잘못된 행동이었어요." 말을 마치자 레브를 보고 다시 웃었다. 아니, 적어도 웃어보려고 노력은 했다. 창밖을 내다보았다. 야보틴스키 스트리트의 정체로부터 빠져나오는 참이었다. 이제 힘든 구간은 지나갔다.

"하지만 아빠," 레브가 내 무릎에 작은 손을 얹으면서 말했다. "이제 저 아저씨가 나한테 미안하다고 해야 해." 나는 우리 앞에 앉아서 땀을 흘리고 있는 기사를 보았다. 그가 우리 대화를 전부 듣고 있는 것이 분명했다. 그에게 세 살배기에게 사과하라고 청하는 것은 그리 좋은 생각이 아니었다. 택시 안은 긴장감이 터져나갈 듯 고조되었다. "아가," 내가 레브에게 몸을 숙이면서 말했다. "너는 똑똑한 꼬마고, 세상에 대해서 이미 많은 걸 알지만 아직 다 아는 건 아니지. 네가 아직 모르는 것 중 하나가 미안하다는 말이 세상에서 제일 어려울 수도 있다는 거야. 그리고 운전을 하면서 그렇게 어려운 일을 하는 건 아주, 아주 위험해. 미안하다고 말하다가 사고가 날 수도 있거든. 하지만 그거 아니? 우리가 저 아저씨에게 사과해달라고 말할 필요는 없을 것 같아. 보기만 해도 미안해하는 걸 알 수 있으니까."

우리는 이미 비알리크 스트리트로 들어섰다. 이제 노르다우로 우회전, 그리고 베르 레인으로 좌회전만 하면 되었다. 일 분 뒤면 도착할 것이다. "아빠," 레브가 못마땅하다는 표정으로 말했다. "나는 아저씨가 미안한지 모르겠어." 그 순간, 노르다우로 들어서는 비탈길에서 기사는 다시 한번 브레이크를 꽉 밟더니 핸드 브레이크까지 당겼다. 그는 몸을 돌리더니 아들에게 얼굴을 바짝 갖다 댔다. 그는 아무 말도 하지 않고 레브의 눈을 쳐다만 보더니 아주 길게 느껴지는 순간이 지난 뒤 이렇게 속삭였다. "믿어줘라, 꼬마야. 미안하다."

누나를 추모함

십구 년 전, 브네이 브라크의 작은 결혼식장에서 내 누나는 죽었고, 지금은 예루살렘의 가장 정통파* 지역에서 살고 있다. 나는 얼마 전 누나 집에서 일주일을 보냈다. 거기서 안식일을 지낸 것은 처음이었다. 주중에는 종종 누나를 만나러 가지만, 그달에는 일과 해외 출장이 많다보니 토요일이 아니면 누나를 만날 수 없었다.

"조심해." 떠날 때 아내가 말했다. "당신도 알다시피, 당신 요즘 상태가 안 좋잖아. 설득당해서 종교에 귀의하지 않도록 조심해." 아내에게 걱정할 것 없다고 말했다. 나는 종교에 관

---

* 전통적인 신앙과 의식을 철저히 고수하는 유대교 분파이며 개혁파의 입장을 단호히 거부한다.

해서라면 무신론자다. 잘나갈 때는 따로 기댈 존재가 필요 없고, 기분이 더러워지고 마음속의 커다란 빈 구멍이 아가리를 벌릴 때면, 그것을 채워줄 수 있는 신은 과거에도, 미래에도 없음을 알고 있다. 그래서 길 잃은 내 영혼을 위해 백 명의 랍비들이 기도한다 해도 아무 소용없을 것이다. 내게는 신이 없지만 누나에겐 있고, 나는 누나를 사랑하니 그 신을 약간은 존중하려고 노력한다.

누나가 종교를 발견했을 때는 이스라엘 대중음악 역사에서 가장 우울한 시기였다. 레바논 전쟁이 끝난 직후였기 때문에, 아무도 신나는 음악을 들을 기분이 아니었다. 하지만 한창 때 전사한 잘생긴 병사들에게 바친 그 모든 발라드곡도 사람들의 신경을 건드리는 건 마찬가지였다. 사람들은 슬픈 노래를 원했지만, 모두가 잊으려고 애쓰는 그 형편없이 구질구질한 전쟁 이야기를 자꾸 하는 것은 원치 않았다. 그래서 갑자기 새로운 장르가 나타났다. 종교에 귀의한 친구에게 바치는 추모곡 말이다. 그 노래들은 항상 친한 친구, 혹은 가수가 살아가는 이유였던 아름답고 섹시한 여자가 갑자기 끔찍한 일을 겪고 정통파가 된 상황을 이야기했다. 친한 친구는 수염을 기르고 기도를 많이 했다. 아름다운 여자는 머리끝부터 발끝까지 온몸을 가리고 가수와 더이상 자려고 하지 않았다. 젊은 이들은 그 노래를 듣고 우울한 표정으로 고개를 끄덕이곤 했다. 레바논 전쟁이 그들의 친구들을 너무나 많이 앗아갔기 때문에, 다른 친구들이 갑자기 예루살렘의 한쪽 구석에 있는 어느 예시바* 학교로 사라져버리는 꼴이야말로 아무도 보고 싶어하지 않는 것이었다.

다시 태어난 유대인들을 발견한 것은 음악계뿐만이 아니었다. 그들은 모든 매체에서 다루는 주제였다. 토크쇼마다 새롭게 종교에 귀의한 과거의 유명인을 초대했고, 그러면 그들은 모두에게 예전의 방탕한 생활이 조금도 그립지 않다고 말했다. 혹은, 다시 태어난 유명인의 예전 친구를 초대하여, 그 유명인이 종교에 귀의한 이후로 너무나 많이 바뀌었으며 자신에게는 말도 걸지 않는다고 했다. 나도 마찬가지였다. 누나가 선을 넘어 신의 섭리 쪽으로 향한 순간부터, 나도 동네에서는 유명인이 되었다. 내게 조금도 관심 없던 이웃들이 내 손을 꼭 잡아주고 위로를 건네기 위해 걸음을 멈추곤 했다. 올 블랙으로 세련되게 차려입은 고등학생 힙스터들은 텔아비브의

---

* 정통파 유대교도를 위한 학교.

댄스 클럽에 가려고 택시를 타기 전에, 내게 다정하게 하이파이브를 청하곤 했다. 그러더니 그들은 택시 창문을 내리고서 내 누나 때문에 가슴이 아프다고 외치곤 했다. 랍비들이 못생긴 사람을 데려갔다면, 그건 견딜 수 있다고. 하지만 누나처럼 생긴 사람을 데려가다니—어찌나 아쉬운지!

한편 모두가 애도하던 누나는 예루살렘의 어느 여자 신학교에서 공부하고 있었다. 누나는 거의 매주 집에 왔고, 행복해 보였다. 누나가 못 오는 주에는 우리가 찾아가곤 했다. 그때 나는 열다섯 살이었고, 누나가 너무나 보고 싶었다. 종교에 귀의하기 전, 누나가 군에 입대해 남부에서 포병대 조교로 복무할 때도 누나를 별로 보지 못한 건 마찬가지였지만, 어쩐 일인지 그때는 그렇게 보고 싶지 않았었다.

만날 때마다 나는 누나를 자세히 살피며 어떻게 변했는지 알아보려고 했다. 그들이 누나의 눈빛을, 누나의 미소를 바꾸어놓았을까? 우리는 예전과 똑같이 이야기하곤 했다. 누나는 아직도 나만을 위해 지어낸 이야기를 들려줬고 수학 숙제를 도와줬다. 하지만 '종교적 강압 반대운동 본부'의 청년 지부에 속해 있었던 사촌 길리는 랍비 등에 대해 아는 것이 많았고, 모든 것이 변하는 건 결국 시간문제라고 했다. 그들이 아직 누나를 세뇌하지 않았을 뿐, 세뇌 작업이 끝나면 누나는 이디시어를 말하기 시작할 것이고, 정통파 교인들이 누나의 머리를 밀어버리고 어느 땀 많고 축 늘어진 혐오스러운 남자와 결혼시키면, 그자는 누나가 나를 만나지 못하도록 할 것이라고 했다. 앞으로 한두 해는 더 걸릴 테지만 마음의 준비를 해두라고 했다. 일단 누나가 결혼을 하면, 숨은 쉬고 있어도 우리 눈에는 죽은 것이나 다름없다고.

십구 년 전, 브네이 브라크의 작은 결혼식장에서 내 누나는 죽었고, 지금은 예루살렘의 가장 정통파 지역에서 살고 있다. 누나에게는 길리가 장담한 대로 예시바 학생인 남편이 있다. 그는 땀이 많지도, 축 늘어지지도, 혐오스럽지도 않고, 형이나 내가 찾아가면 반가워하는 것 같다. 길리는 이십 년 전에 누나가 아이들을 잔뜩 낳을 것이며, 그애들이 동유럽의 어느 우울한 유대인 지역에 살고 있는 것처럼 이디시어로 말하는 것을 들을 때마다 내가 울고 싶어질 거라고도 장담했다. 그 문제에 대해서도 길리는 절반만 맞혔다. 누나가 귀여운 아이들을 많이 낳기는 했지만, 그애들이 이디시어를 말하는 것을 들으면 내 얼굴에는 미소가 번진다.

안식일을 한 시간도 남기지 않고 누나 집으로 들어가자 조카들이 한목소리로 "내가 누구게요?"라고 외치면서 나를 반겼다. 전에 내가 아이들의 이름을 혼동한 다음부터 생긴 전통이다. 누나 아이들이 열한 명이고 하시딤*이 항상 그렇듯이 전부 다 복잡한 이름을 갖고 있는 것을 고려하면, 쉽게 용서받을 만한 실수였다. 아들들은 전부 다 같은 스타일의 옷을 입고 옆머리를 기른 것이 똑같다는 사실이 나를 더욱 강력하게 변호해준다. 하지만 첫째 슐로모-나흐만부터 막내까지 모두 다, 특이한 외삼촌이 자기 이름을 잘 알고 있는지, 선물을 제대로 나눠주는지 확인하고 싶어한다.

우수한 성적으로 이름 테스트를 통과하고 난 뒤, 나는 엄격한 코셔** 콜라 한 잔을 받았고, 오랫동안 나와 만나지 못한 누나는 거실 맞은편에 자리를 잡고 앉아 그동안 어떻게 지냈는지 궁금하다고 했다. 잘 지내고 행복하다고 말하니 누나는 기뻐한다. 하지만 내가 사는 세상은 누나에게는 하찮은 것이므로 세세한 것에는 별로 관심이 없다. 누나가 내가 쓴 단편을 하나도 읽지 않으리라는 사실이 나는 속상하지만, 내가 안식일이나 코셔를 지키지 않는다는 사실이 누나는 더욱 속상하다.

* 유대인 분파 가운데 하나.

** 유대인 율법에 따라 식재료를 선정하고 엄격하게 조리한 음식.

나는 동화책을 쓰면서 그 책을 조카들에게 바친다는 헌사를 적은 적이 있었다. 계약을 할 때 출판사에서는 삽화가가 모든 남자들은 야물커*를 쓰고 옆머리를 기른 모습으로, 여자들의 소매와 치마는 정숙하게 보일 정도로 길게 그린 특별판을 한 권 따로 만들어주기로 했다. 하지만 결국 그 책조차도 누나가 종교 전통 문제를 상의하는 랍비의 퇴짜를 맞았다. 그 동화에는 서커스단을 따라 도망친 아버지가 나왔다. 랍비는 그것이 너무 무모하다고 여겼음이 분명하다. 나는 그 "코셔판" 동화책, 삽화가가 오랜 시간을 들여 솜씨 좋게 작업한 책을 텔아비브에 도로 가져와야 했다.

내가 결혼한 십 년 전쯤까지 누나와의 사이에서 가장 힘든 부분은, 누나를 만나러 갈 때 내 신부가 될 사람과 함께 갈 수 없다는 점이었다. 솔직하게 말하면, 당시 아내와 나는 동거하는 구 년 동안, 우리끼리 거행한 온갖 예식을 하면서 수십 번은 결혼했다는 말을 해두어야겠다. 야파의 해산물 레스토랑에서 콧등에 키스하면서, 바르샤바의 다 허물어져가는 호텔에서 포옹을 나누며, 하이파의 해변에서 누드로 해수욕을 하

* 유대인 남자들이 정수리에 쓰는 동글납작한 모자.

면서, 혹은 암스테르담에서 베를린으로 가는 기차에서 달걀 초콜릿을 나눠 먹으면서, 우리는 몇 번이나 결혼식을 치른 셈이었다. 다만 이런 결혼식은 불행히도, 랍비나 정부가 인정해주는 것이 아니다. 그래서 누나와 누나 가족을 찾아갈 때면 당시 여자친구였던 내 아내는 항상 근처 카페나 공원에서 기다려야 했다. 처음에는 그렇게 해달라고 부탁하기가 창피했지만, 그녀는 상황을 이해하고 받아들여주었다. 나도, 음, 그것을 받아들였다. 달리 선택권도 없으니까. 하지만 이해한다고 말할 수는 없다.

십구 년 전, 브네이 브라크의 작은 결혼식장에서 내 누나는 죽었고, 지금은 예루살렘의 가장 정통파 지역에서 살고 있다. 그 무렵에 내가 죽도록 사랑했지만 나를 사랑하지 않는 여자가 있었다. 누나의 결혼식이 끝나고 이 주 뒤, 예루살렘에 누나를 만나러 간 일이 기억난다. 내가 그녀와 사귀도록 기도해달라고 누나에게 부탁했다. 그만큼 간절했던 것이다. 누나는 잠시 가만히 있더니 그런 기도는 할 수 없다고 설명했다. 누나가 기도해서 그녀와 내가 사귀게 되고 그녀와의 사이가 지옥이 된다면 몹시 후회될 것이기 때문이라고 했다. "대신 네가 함께하면 행복할 사람을 만나도록 해달라고 기도할게." 누나는 이렇게 말하더니 위로하려는 듯 미소를 지었다. “너를 위해 매일 기도할게. 약속해.” 누나는 나를 안아주고 싶지만 그럴 수 없어서 아쉬운 것 같았는데, 어쩌면 내 착각이었는지도 모르겠다. 십 년 뒤 나는 아내를 만났고 아내와 함께 있으면 정말로 행복했다. 누가 기도에 응답이 없다 했는가?

새의 눈

어머니가 아니었다면 우리는 아무런 문제도 깨닫지 못하고 지냈을 공산이 크다.

어느 평범한 토요일 아침, 어머니는 손자에게서 엄마 휴대전화에서만 할 수 있는 특별한 게임을 틀어달라는 부탁을 받았다. 정말 쉬운 게임이라고, 새총으로 새를 쏘아 초록 돼지들이 사는 건물을 부수기만 하면 된다고.

"아, 앵그리버드." 아내와 나는 함께 말했다. "우리가 제일 좋아하는 게임이에요."

"나는 처음 들어보는구나." 어머니가 말했다.

"어머님 말고는 다 알 거예요." 아내가 말했다. "2차대전이 끝난 줄 모르고 숲에 숨어 있는 일본군 병사보다도 이 게임을 모르는 사람이 더 적을걸요. 아이폰 게임 중에서 제일 유명할 거예요."

"네가 제일 좋아하는 게임은 이스라엘의 꽃 카드로 하는 고 피시* 게임인 줄 알았구나." 어머니가 살짝 기분이 상해서 말했다.

"이젠 아니죠." 아내가 말했다. "실라 꽃 카드가 있는지 몇 번 물어보다보면 하품이 나오잖아요."

"그런데 그 게임 말이다." 어머니가 말했다. "안경을 안 쓰고 보긴 했지만, 그 새들이 목표물을 맞히면 죽는 것 같더구나."

"더 큰 목표를 위해 자신을 희생하는 거죠." 내가 재빨리 말했다. "가치관을 키워주는 게임이에요."

"그래," 어머니가 말했다. "하지만 그 목표는 자기한테 아무런 해도 끼치지 않은 귀여운 꼬마 돼지들 위로 건물을 무너뜨리는 것뿐이잖니."

"걔들이 우리 알을 훔쳐갔어요." 아내가 말했다.

"맞아요," 내가 말했다. "훔치면 안 된다는 걸 가르치는 교

---

* Go Fish. 2~5명이 할 수 있는 카드 게임의 일종.

육적인 게임이죠."

"아니, 좀더 정확히 말하면," 어머니가 말했다. "네 걸 훔치는 자는 누구든지 죽이고, 그러기 위해 목숨을 희생하라고 가르치는 거지."

"알을 훔친 건 잘못이잖아요." 아내는 말싸움에서 지기 직전에 내는 울먹이는 목소리로 말했다.

"나는 잘 모르겠구나." 어머니가 말했다. "그 어린 돼지들이 직접 알을 훔친 거니, 아니면 연대책임을 말하는 거니?"

"커피 드실 분?" 내가 물었다.

커피를 마신 뒤, 새를 떼로 쏘아 목표물을 명중시키는 데 달인인 아들과 무엇이든 관통하는 네모 모양 강철 머리를 가진 새들을 발사하는 데 달인인 아내의 팀워크가 절정에 다다랐다. 그러자 "홀라!" 하고 외친 뒤 영영 입을 다문 돼지 왕자의 머리 위로 아주 튼튼한 벌집 모양 구조물이 무너져내리면서 우리 가족은 앵그리버드 신기록을 세웠다.

사악한 돼지들을 상대로 도덕적 성공을 거둔 것을 기념하며 쿠키를 먹고 있는데, 어머니가 다시 우리를 괴롭히기 시작했다. "그 게임이 뭐가 그렇게 좋은 거니?"

"새들이 부딪힐 때 내는 괴상한 소리가 좋아요." 레브가 키득거리면서 말했다.

"전 물리-기하학적 측면이 좋아요." 내가 어깨를 으쓱이며 말했다. "각도를 계산하는 거 말이에요."

"전 죽이는 게 좋아요." 아내는 떨리는 목소리로 작게 속삭였다. "건물을 무너뜨리고 죽이는 거요. 너무 재미있어요."

"그리고 조합 능력도 확실히 향상돼요." 어떻게든 무마해 보려고 내가 말했다. "돼지들이 산산조각이 나고 집이 무너지는 걸 보는 거 말이에요." 아내는 녹색 눈동자로 영원을 응시하며 계속 말했다.

"커피 더 드실 분?" 내가 물었다.

가족 중에서 정곡을 찌른 사람은 아내뿐이었다. 앵그리버드가 우리 집과 다른 집에서 그렇게 인기가 있는 것은, 우리가 진정으로 죽이고 부수는 걸 좋아하기 때문이다. 게임의 짧은 오프닝에서 나오듯 돼지들이 우리 알을 훔친 것은 사실이지만, 우리끼리만 이야기하자면 그건 그저 우리의 오랜 분노를 그들 쪽으로 돌리는 구실에 불과하다. 이 게임에 대해 더 많이 생각할수록 더 분명히, 다음과 같이 이해하게 된다.

우스꽝스러운 동물과 그들의 귀여운 음성에 가려져 있으나, 앵그리버드는 사실 종교 근본주의자 테러리스트의 정신과 일치하는 게임이다.

이렇게 말하는 것이 정치적으로 올바른 건 아님을 알고 있다. 하지만 무장도 하지 않은 적의 집을 부수고 그 안에 있는 그들의 아내와 아이들을 몰살하며, 그것을 위해 자기 생명을 희생하는 게임을 달리 어떻게 설명할 수 있는가? 게다가 돼지들에 대해서 살펴보면 더욱 그렇다. 돼지란 광신적인 무슬림의 수사법에서, 죽어야 할 운명인 이교도 인종을 상징할 때 자주 이용되는 더러운 동물이다. 따지고 보면 소나 양도 우리의 알을 쉽게 훔칠 수 있지만, 이 게임 제작자들은 일부러 뚱뚱하고 달러 지폐처럼 초록색을 한 자본주의 돼지를 고른 것이다.

참, 그렇다고 이것이 반드시 나쁘다는 말은 아니다. 네모난 머리를 한 새들을 석벽으로 쏘아올리는 것은 내가 이생에서 할 수 있는 일 중 자살 테러와 가장 가까운 행위이다. 그러니 이 게임은, 새들이나 테러리스트만 화가 난 것이 아니라 나도 마찬가지이며, 그 분노를 인식하고 올바르고 무해한 맥락 속에서 그것을 잠시 발산하는 것이 필요하다는 사실을 재미있고 조심스럽게 배우는 방법일 수도 있다.

어머니와 어색한 대화를 나눈 지 며칠 뒤, 어머니와 아버지는 꽃무늬 포장지에 싼 직사각형 모양의 선물을 들고 우리집 앞에 나타났다. 레브는 신이 나서 선물을 열었고, 달러 지폐가 눈에 띄게 그려진 보드게임이 나왔다.

"고 피시 게임이 지루하다고 하길래." 어머니가 말했다. "그래서 모노폴리를 사주기로 했단다."

"이 게임에선 뭘 해야 돼요?" 레브가 미심쩍다는 듯이 물었다.

"돈을 버는 거야." 아버지가 말했다. "돈을 아주 많이 벌어야 해! 너는 엄청난 부자가 되고 엄마 아빠는 빈털터리가 될 때까지 엄마 아빠 돈을 뺏어라."

"좋아요!" 레브가 즐거운 표정으로 말했다. "어떻게 하는 거예요?"

그리고 그날로부터 초록 돼지들은 조용히 평화롭게 살고 있다. 그렇다. 엄마의 아이폰으로 그들을 찾아간 적은 없지만, 만약 잠시 들러본다면 녀석들은 새끼를 위해 발코니 문을 닫거나 작은 굴을 파고 난 뒤 흡족하게 꿀꿀거리고 있을 것이다. 반면 아내와 내 상황은 점점 악화되어가고 있다. 매일 저녁 레브가 자러 간 뒤 우리는 주방에 앉아 탐욕스러운 자손에게 진 빚을 계산한다. 녀석은 건설 및 인프라 회사의 공동 소유권을 포함해 모노폴리 부동산의 90퍼센트 이상을 소유하고 있다. 채무액 계산을 마친 뒤 우리는 자러 간다. 나는 눈을 감고서 가까운 미래에 저 통통하고 무자비한 우리 자식이, 게임 보드 위에서 현재 아내와 내가 살고 있는 무너진 판잣집을 빼앗아 갈 거라는 생각을 잊어보려고 애쓴다. 고마운 잠이, 그리고 꿈이 찾아올 때까지. 다시 나는 새가 되어 파란 하늘을 가로질러 숨막히게 멋진 호선을 그리며 구름을 뚫고 날아가면서, 복수심에 정신을 잃은 채로, 콧수염이 난, 달걀을 먹어치우는 초록색 돼지들 머리 위로 나의 네모난 머리를 처박는다. 홀라!

다섯째 해

Year Five

상상 속 어머니의 나라

어릴 때 나는 폴란드를 상상해보려고 애쓰곤 했다. 바르샤바에서 자란 어머니는, 태어나 어릴 적 놀던 예루살렘 거리(알레예 예로소림스키)와 그 도시에 대해, 그리고 살아남으려고 고생하며 가족을 전부 잃었던 게토에 대해 많은 이야기를 들려주었다. 키가 크고 콧수염이 난 남자가 마차를 배경으로 서 있는, 형의 역사책에 나오는 흐릿한 사진 한 장 말고는 그 먼 나라의 실제 모습을 포착한 이미지를 본 적이 없었지만, 어머니가 자라고 할머니와 할아버지, 삼촌이 묻힌 그 장소를 상상하고 싶은 욕구가 강해서 머릿속으로 자꾸만 그곳을 창조해보곤 했다. 디킨스 소설의 삽화에서 본 듯한 거리를 떠올려보았다. 내 머릿속에서, 어머니가 이야기해준 교회들은 곰팡이

슬 만큼 오래된 『노트르담의 꼽추』 책에서 튀어나온 것 같았다. 어머니가 키가 크고 콧수염이 난 남자에게 부딪히지 않도록 조심하면서 자갈 박힌 거리를 걸어오는 모습을 상상할 수 있었고, 내가 만들어낸 광경은 전부 흑백이었다.

진짜 폴란드와의 첫 조우는 십 년 전, 바르샤바 도서전에 초대를 받았을 때 이루어졌다. 공항에서 걸어나오며 놀란 기억이 나는데, 그때는 내가 왜 그런 반응을 보였는지 알 수 없었다. 내 앞에 펼쳐져 있는 바르샤바가 생생한 컬러이고, 거리는 마차가 아닌 저렴한 일본제 자동차로 채워져 있으며, 보이는 사람들은 대부분 깔끔하게 면도를 하고 있었기 때문이었음을 나중에야 깨달았다.

지난 십 년 동안 거의 매년 폴란드에 갔다. 계속해서 초대를 받기도 했고, 웬만하면 장거리 출장을 줄이려 했지만 폴란드 사람들의 제안은 유독 거절하기 어려웠다. 내 가족 대부분이 그곳의 끔찍한 상황 속에서 사망했지만, 폴란드는 그들이 수 세대에 걸쳐 살며 번성했던 곳이기도 했고, 그 땅과 그 사람들에게 매혹되는 것은 신비할 지경이었다. 어머니가 태어난 집을 찾아가보니 은행이 있었다. 어머니가 한 해 동안 지냈던 다른 집을 찾아가보니 지금은 풀밭이 되어 있었다. 이상하게도 아쉽거나 슬프지 않았고, 두 곳 모두 사진도 찍어두었다. 물론 은행이나 풀밭보다는 집이 있었으면 좋았을 것이다. 하지만 아무것도 없느니 은행이 나았다.

몇 주 전, 또다른 지역에서 열린 도서전에 참석하기 위해 폴란드에 갔을 때 엘스비에타 렘프라는 매력적인 사진작가가 내게 사진을 찍어도 되는지 물었다. 기꺼이 그러라고 했다. 그녀는 내가 낭독회를 기다리고 있던 카페에서 사진을 찍었고, 이스라엘에 돌아와보니 이메일로 사진이 와 있었다. 내가 키가 크고 콧수염이 난 남자에게 말을 걸고 있는 흑백사진이었다. 우리 뒤에는 아웃 포커싱 처리한 오래된 건물이 한 채 있었다. 사진 속의 모든 것이 현실이 아니라 내가 어릴 적 상상하던 폴란드에서 나온 것 같았다. 내 표정까지 폴란드 사람처럼 너무나 진지했다. 그 사진에서 눈을 뗄 수가 없었다.

내가 만약 사진 속의 나 자신을 움직이게 해줄 수 있다면, 그는 사진 속에서 곧장 걸어나가 어머니가 살던 집을 찾을 수 있었을 것이다. 그가 용감하다면 문을 두드렸을 것이다. 누가 문을 열어주었을까. 내가 만나본 적 없는 할머니나 할아버지였을까. 어쩌면 잔인한 미래가 자신을 위해 무엇을 마련해두고 있는지 아무것도 모르고 웃고 있는 어린 소녀였을까. 나는 그 사진을 한참 동안, 레브가 방에 와서 모니터에 시선을 꽂고 있는 나를 발견할 때까지 쳐다보았다. “저 사진은 왜 색깔이 없어?” 레브가 물었다. “마술이야.” 나는 이렇게 대답하고 웃으면서 아이 머리를 쓰다듬었다.

뚱뚱한 고양이들

레브의 유치원 선생님을 만나기 위해, 나는 면도를 하고 옷장에서 좋은 정장을 꺼냈다.

"오전 열시 회의에 가는 차림이네." 아내가 웃으면서 말했다. "선생님은 아마 체육복을 입고 있을걸. 게다가 하얀 셔츠랑 재킷을 입고 있으니까 당신 꼭 새신랑 같아."

"변호사 같은 거지." 내가 정정해주었다. "그리고 면담이 끝나면, 내가 잘 차려입은 데 감사하게 될 거야."

"왜 레브가 뭘 잘못해서 우리를 부른 거라고 생각해?" 아내가 말했다. "그냥 레브가 반에서 다른 애들을 잘 도와주는 착한 애라고 말하고 싶은 건 아닐까?"

나는 유치원에서 레브가 그날 간식을 잊어버리고 안 가져

온 마른 아이에게 샌드위치를 선뜻 나눠주는 걸 상상해보려고 노력했다. 그 모습을 떠올리려고 기를 쓰다보니 뇌졸중이 올 것 같았다. "정말 레브가 뭘 잘했다고 우리를 부른 것 같아?" 내가 물었다. "아니," 아내도 슬픈 목소리로 인정했다. "그냥 당신이랑 논쟁하는 게 좋아서 해본 말이야."

선생님은 실제로 체육복을 입고 있었지만 내 정장이 멋지다고 했고, 내가 결혼식 때 입은 옷이라는 말을 재미있게 들어주었다.

"다만 그때는 배를 집어넣지 않고도 이 옷을 입을 수 있었죠." 아내는 이렇게 말하고, 단축 다이얼에 피자 가게는 세 곳이나 저장해두면서 헬스클럽 실내는 구경해본 적도 없는 남자들과 엮인 여자들 간의 공감 어린 미소를 선생님과 교환했다.

"사실," 선생님이 말했다. "오시라고 부탁드린 이유는 먹는 것 때문이에요."

선생님은 꼬마 레브가 유치원 영양사와 비밀 협정을 맺는 바람에, 교육부에서 아이들이 교내에서 단것을 섭취하는 것을 금지했는데도 불구하고 영양사가 레브에게 정기적으로 초콜릿을 준다고 했다. "레브가 화장실에 가서 초콜릿바를 다섯 개 들고 와요." 선생님이 설명했다. "어제는 구석에 앉아서 콧구멍으로 초콜릿이 흘러나올 때까지 계속 먹었어요."

"그런데 왜 영양사 선생님과 말씀하지 않으세요?" 아내가 물었다.

"이미 이야기해봤어요." 선생님은 한숨을 쉬었다. "하지만 레브가 어찌나 수완이 좋은지 도저히 뿌리칠 수가 없대요."

"그럼, 그게 가능하다고 생각하세요?" 아내가 계속 물었다. "다섯 살짜리가 어른을 조종해서 억지로……"

"방금 그 말은 무시하세요." 나는 선생님에게 속삭였다. "집사람도 가능하단 걸 알고 있습니다. 그냥 논쟁을 좋아할 뿐이에요."

오후에 나는 레브와 친선 축구경기를 하면서 속마음을 털어놓기로 했다. "리키 선생님이 오늘 뭐라고 하셨는지 아니?" 내가 물었다.

"아침마다 내가 선생님 컴퓨터에 물을 줘도 소용이 없고, 화면은 자라지 않을 거라고?" 레브가 물었다.

"아니," 내가 말했다. "마리 영양사 선생님이 너한테 아침마다 초콜릿을 갖다준다던데."

"응," 레브의 얼굴이 환해졌다. "초콜릿 아주, 아주, 아주 많이."

"리키 선생님은 네가 초콜릿을 다 먹고 다른 애들이랑 나눠 먹지도 않는다고 하시더라." 내가 덧붙였다.

"응." 레브는 바로 그렇다고 했다. "애들은 학교에서 단 걸 먹으면 안 되니까 나눠줄 수 없어."

"그렇구나." 내가 말했다. "하지만 애들이 학교에서 단 걸 못 먹는데 왜 너는 먹을 수 있다고 생각하니?"

"나는 애가 아니니까." 레브가 능글맞게 웃었다. "난 고양이잖아."

"네가 뭐라고?"

"*야옹.*" 레브는 가르릉거리는 목소리로 대답했다. "*야옹, 야옹, 야옹.*"

이튿날 아침, 나는 주방에서 커피를 마시며 신문을 읽고 있었다. 이스라엘 국가대표 축구팀이 2만 5천 달러어치가 넘는 시가를 밀수하다가 세관에 잡혔다. 샤스당의 크네세트* 의원 한 사람은 레스토랑을 사들여 의회 예산으로 봉급을 받는 보좌관에게 거기서 일하도록 시켰다. 이스라엘 농구 리그의 최고 인기 클럽인 마카비 텔아비브의 코치들이 탈세 혐의로 기

* 이스라엘의 입법부.

소될 예정이다. 그리고 아침식사를 하면서 부정 이득으로 기소된 전직 총리 에후드 올메르트의 재판에 관해 좀 읽었고, 화룡점정으로, 현재 횡령죄로 수감중인 전직 재무장관 아브라함 히르손이 동료 수감자들에게 "모범수"라고 불린다는 짧은 기사까지 읽었다.

그렇게 성공한 사람들이 이미 모든 것을 가졌음에도 불구하고 처벌과 비난의 위험을 감수하고서 범법을 저지르는 이유를 이해해보려고 오랫동안 노력해보았지만 소용없었다. 따지고 보면, 올메르트는 야드 바셈 홀로코스트 박물관에서 몇천 달러를 짜내기 위해 항공료를 위조했을 때 찢어지게 가난한 것도 아니었다. 그리고 히르손도 자기가 일하던 조직에서 돈을 횡령했을 때 굶으며 지내던 것은 아니다. 하지만 레브와 허심탄회한 대화를 나누고 보니 모든 것이 분명해졌다. 그들은 내 아들처럼, 자기가 고양이라고 생각하기 때문에 속임수를 쓰고, 남의 것을 훔치고, 거짓말을 하는 것이다. 그리고 귀엽고 털이 복슬복슬하며 크림을 좋아하는 생명체인 그들은, 주위에서 땀을 뻘뻘 흘리며 다니는 이족보행 생물들이 지켜야 하는 규칙과 법을 지킬 필요가 없는 것이다. 그것을 염두에 두니 전직 총리의 변호 내용을 쉽게 예상할 수 있다.

검사 올메르트 씨, 문서 위조와 사기가 위법임을 알고 있습니까?

올메르트 물론입니다. 법을 준수하는 윤리적인 전직 총리로서, 저는 이 나라의 모든 국민에게 그것이 위법임을 알고 있습니다. 하지만 이 나라의 법전을 자세히 읽어보신다면, 그것이 고양이에게는 적용되지 않는다는 걸 아시게 될 겁니다! 검사님, 제가 게으르고 뚱뚱한 고양이라는 건 전세계가 다 알고 있습니다!

검사 (당황하여) 올메르트 씨, 법정에서 그 발언을 진지하게 받아들이리라 생각하는 건 아니겠죠?

올메르트 (아르마니 정장 소맷부리를 핥으며) *야옹, 야옹, 야옹.*

사기 수강생

매스컴이 총력을 기울여 보도하고 있는 리비아 혁명은 그곳에서 일어나는 유일한 혁명이 아니다. 조용하지만 중대성이 그에 못지않은 혁명이 하나 더 일어나고 있다. 표준 이하의 영양 공급과 신체 활동 부족에 사십 년 이상 시달린 내 몸뚱이가 거리로 나와 시위를 시작한 것이다. 내 근육은 하나도 남김없이 쑤시기 시작했다. 목에서 시작하여 어깨로 내려오더니, 어느 시점부터는 발까지 저렸다.

어느 날 아내가 귀가했을 때, 나는 죽은 바퀴벌레처럼 벌러덩 누워 있었다. 아내가 내게 무슨 문제가 있다는 것을 감지하는 데는 이십 분이 걸렸으며, 그때 가장 먼저 한 말은 이것이었다. "다 당신이 자초한 일이야." 두번째로 한 말은, 라마트간에 사는 내 사촌과, 쉰 살이 되기 전에 내가 심장마비로 죽는 것을 두고 내기를 했다는 것이었다. 아내의 주장에 따르면, 사촌이 자기보다 내가 더 오래 살 거라는 데 돈을 건 이유는 오로지 불쌍해서라는 것이다. 아내는 상식과 현대 의학을 근거로 돈을 걸었다. "당신이 당신 몸을 다루듯이 반려동물을 다룬 사람이 있다면 벌써 오래전에 동물보호협회에 소송을 당했을 거야." 아내는 나를 일으켜 앉히면서 말했다. "왜 나처럼 못 하는 거야? 음식을 가려 먹고, 요가를 하라고!"

사실, 나도 몇 년 전에 요가를 해보려고 했다. 초보자 클래스 첫 수업이 끝났을 때, 창백하고 깡마른 선생님이 다가오더니 부드럽지만 단호한 목소리로 나는 아직 초보자들과 운동할 단계가 아니니 우선 "특별반"에 들어가라고 했다. 특별반이란 알고 보니 임신 후기의 여성들로 이루어진 반이었다. 사실 수업은 꽤 좋았다. 모인 사람들 중에 배가 가장 안 나온 사람이 나인 것은 참 오랜만이었기 때문이다. 운동하는 사람들은 매우 천천히 움직였고, 간단하고 기초적인 움직임을 할 때도 숨을 몰아쉬며 땀을 흘렸다. 꼭 나처럼 말이다. 잔인한 체육 활동의 세상 속에서 마침내 내 자리를 찾았다는 생각이 들었다. 하지만 그 반의 수강생 수는 점점 줄어들었다. 리얼리티 쇼처럼 매주 또 한 명의 수강생이 사라졌고, 남은 친구들은 그녀가 출산을 했다고 흥분에 떨리는 목소리로 전하곤 했다.

내가 그 반에 들어간 지 석 달쯤 지나자 나만 빼고 모든 수강생이 출산을 했고, 부드럽지만 단호한 목소리를 가진 선생님은 마지막으로 스튜디오 불을 끄기 전, 자신이 인도로 가는 편도 비행기 표를 끊었으며, 돌아오게 될지는 모르겠다고 했다. 한편, 그 선생님은 내게 "요가보다 조금 더 쉬운 것"을 해보라고 권했다. 그 외에는 자세히 설명하지 않았으므로, 나는 그 수수께끼 같은 말에 익숙한 바질 향을 더했고, 나와서 피자 한 판을 먹어치웠다.

그런 경험을 바탕으로 최근 경련을 일으키는 근육이 조금 약해졌을 때, 나는 대책 강구에 나서서 체육 활동으로 할 수 있는 것들의 리스트를 만든 뒤 내 몸이 견디지 못할 것은 지워나가기로 했다. 달리기와 헬스는 가장 먼저 지웠고, 에어로빅과 스피닝(브리트니 스피어스 음악을 듣는 것과 동맥경화증 중에 하나를 선택하라면 후자를 고를 것이다), 킥복싱과 크라브 마가(어릴 적 살던 동네에서 공짜로 너무 많이 얻어맞아서 돈을 내고 같은 일을 당한다는 상상은 도저히 할 수 없다)도 마찬가지였다. 계속해서 하나씩 지우고 나니 남은 것은 빨리 걷기뿐이었다.

나는 재빨리 '빨리'를 지우고 걷기에 물음표를 붙였다.

그 목록을 읽어본 아내는 물음표가 붙은 걷기가 별로 탐탁스럽지 않은 눈치였다. "당신처럼 게으르고 시들거리는 사람도 할 수 있는 운동이 백만 가지는 더 될 거야." 아내가 주장했다.

"하나만 대줘." 내가 말했다.

"필라테스." 아내가 밀싹인지 뭔지 이상한 냄새가 나는 것을 손에 들고 먹으면서 말했다. 필라테스를 재빨리 검색해보니 몇 가지 장점이 밝혀졌다. 비록 그것이 공식적으로 "운동"이라고 정의되기는 하지만, 드러누워서 하기 때문에 땀을 흘릴 위험은 없었다. 또한 필라테스를 발명한 사람은 제1차대전 당시 부상병들의 재활을 위해서 그 기술을 활용했다. 즉, 임산부 반이 없더라도 내가 수업에 들어갈 수준이 될 가능성은 여전히 존재했다.

첫 수업 때 나는 그 놀라운 스포츠에 대해 몇 가지를 더 알게 되었다. 필라테스에서는 주로 몸 안쪽의 근육을 쓰기 때문에 쳐다보는 사람이 내가 실제로 골반 근육을 단련하고 있는지, 가로무늬근을 수축시키고 있는지, 혹은 그저 매트리스 위에서 졸고 있는지 알아낼 방법이 없다. 이곳 이스라엘에서 필라테스 수업은 특히 소규모이고, 주로 부상을 당한 발레 무용가들로 이루어져 있다. 다시 말해서 스튜디오에는 세련됨, 부상, 공감이 가득해서, 근육 결림을 호소하고 동정심에서 우러나온 마사지를 받기에 이보다 더 좋은 곳은 은하계 어디에도 없다. 여러분이 다리를 다친 발레 무용가 다섯 명에게 무릎 뒷부분의 힘줄 긴장을 푸는 법을 배운 적이 있는지 모르겠지만, 당장 근처 필라테스 스튜디오로 달려가 한번 시도해보기를 권하는 바이다.

필라테스를 시작한 지 이제 겨우 이 주째다. 나는 아직도 가로무늬근으로 피클 유리병을 열 수 없고, 손을 들어 머리를 긁으려고 하면 어깨 통증을 견딜 수 없지만, 내 사물함을 가지고 있고 데이비드 베컴이나 입을 법한, 양쪽 다리에 금색 줄무늬가 있는 체육복 바지도 생겼다. 그리고 일주일에 두 번, 한 시간 내내 드러누워 아무것이나 원하는 생각을 하면서 맵시 있는 몸매와 근엄한 얼굴의 발레리나들이 커다란 색색의 고무공 위에 앉아 있는 광경을 구경할 수 있는 폭신한 새 매트리스도 생겼다.

또 한 명의 죄인

얼마 전, 나는 뉴햄프셔 예술가 마을에서 열린 낭독회에 참석했다. 세 명의 작가가 돌아가면서 십오 분 동안 자신의 글을 읽는 시간이었다. 나머지 두 명은 막 글을 쓰기 시작해 아무것도 발표하지 않은 사람들이었고, 나는 아량인지, 잘난 체였는지 마지막으로 읽겠다고 했다. 처음 읽은 작가는 브루클린 출신의 남자였고 상당히 재능이 있었다. 그는 돌아가신 할아버지에 대한 글을 읽었다. 강렬한 내용이었다. 두번째 작가는 로스앤젤레스에서 온 여성이었는데, 글을 읽기 시작하자 내 머리가 빙빙 돌기 시작했다. 예술가 마을의 난방을 지나치게 한 도서관 시청각실에서 불편한 나무의자에 앉아, 나는 나의 두려움, 나의 욕망, 그리고 영원한 불길처럼 내 속에서 타오르고 있지만 스스로를 너무나 잘 감추어 그것과 나 말고는 존재를 알지 못하는 폭력에 관한 이야기를 경청했다. 이십 분 뒤 낭독이 끝났다. 그녀는 연단에서 내려왔고, 내가 힘없이 걸어나가다 그녀를 지나쳤을 때, 그녀는 동정하는 얼굴로 나를 흘깃 쳐다보았다. 정글의 당당한 사자가 서커스단의 사자를 쳐다보는 눈빛 같았다.

그날 저녁에 내가 무엇을 읽었는지는 정확히 기억나지 않는다. 다만 읽는 내내 머릿속에 그녀의 이야기가 메아리치고 있었다는 것만은 기억난다. 그 단편 속에서 한 아버지가 여름 방학 내내 동물들을 괴롭히며 보내는 아이들에게 이야기를 하고 있다. 아버지는 벌레를 죽이는 것과 개구리를 죽이는 것을 구별하는 선이 있고, 아무리 어렵다 하더라도 그 선을 결코 넘어서는 안 된다고 한다.

세상의 이치가 그렇다. 작가는 그것을 만들어내지 않았지만, 말해야 하는 것을 말하기 위해 존재한다. 벌레를 죽이는 것과 개구리를 죽이는 것을 구별하는 선이 있다. 그리고 작가는 살면서 그 선을 넘은 적이 있다 하더라도 그 사실을 지적해야만 한다. 작가는 성자도 차디크*도 문 앞에 찾아온 선지자도 아니다. 작가는 이 세상의 이해하기 어려운 현실을 조금 더 예리하게 감지하고 조금 더 정확한 언어로 설명하는, 또하나의 죄인일 뿐이다. 작가는 단 하나의 감정이나 사상도 만들어내지 않는다. 그 모든 것은 오래전부터 존재했다. 작가는 독자들보다 조금도 더 낫지 않고—오히려 훨씬 못할 때도 있다—또 그래야만 한다. 작가가 천사라면 작가와 우리 사이를 가르는 심연이 너무나 깊어서 그의 글은 우리에게 다가와 마음을 움직이지 못할 것이다. 하지만 작가는 여기, 우리 편에서, 더러운 진흙탕에 목만 내놓고 파묻혀 있기 때문에 다른 누구보다도 자기 마음속에 든 모든 것, 환한 곳뿐만 아니라 어두운 그늘 속에 있는 것까지도 우리와 나눌 수 있는 사람이다. 작가는 우리를 약속의 땅으로 데려가지 않을 것이다. 세상에 평화를 가져오지도, 병자를 낫게 하지도 않을 것이다. 하지만 작가가 자기 일을 제대로 해낸다면, 가상의 개구리 몇 마리는 더 살 수 있을 것이다. 이렇게 말하는 것이 유감이지만, 벌레들은 나름대로 살길을 찾아야 할 것이다.

나는 글을 쓰기 시작한 날부터 그 진리를 알고 있었다. 그것을, 확고하면서도 분명히 알고 있었다. 하지만 그 낭독회에

---

* 유대교인들이 의롭다고 여기는 사람.

서, 뉴햄프셔 한복판 맥도웰 예술인 마을에서 진짜 사자와 대면하고 잠시 그 공포를 느꼈을 때, 우리 모두가 갖고 있는 가장 예리한 지식조차도 둔해질 수 있다는 것을 깨달았다. 지지와 지원 없이 창조하는 사람, 그에게 재능이 있다는 것을 모르는 사람들에게 에워싸여 여러 시간 노력한 후에야 글을 쓸 수 있는 사람은 항상 그 진리를 기억할 것이다. 주위 세상이 그로 하여금 그 진실을 잊지 못하게 할 테니까. 그것을 잊을 수 있는 작가는 성공한 작가, 삶의 흐름에 맞서 글을 쓰는 것이 아니라 그 흐름을 따라 흘러가며 글을 쓰는 사람, 펜에서 흘러나오는 모든 통찰이 글을 향상시키고 작가 자신을 행복하게 만들 뿐 아니라 에이전트와 출판사에게도 기쁨을 주는 그런 작가뿐이다. 젠장, 나도 그것을 잊어버렸다. 그러니까, 어떤 것과 다른 것 사이에 선이 있다는 사실은 기억하고 있다. 그저 최근에 와서 어쩌다보니 그것이 성공과 실패 사이의 선, 용납과 거부 사이의 선, 찬양과 경멸 사이의 선으로 바뀌어버린 것뿐이다.

그날 밤, 낭독회가 끝나고 나는 방으로 돌아가 곧장 누웠다. 창문을 통해 커다란 소나무와 맑은 밤하늘이 보였고 숲속에서 개굴거리는 개구리 소리가 들렸다. 그곳에 도착한 이후로 개구리 소리를 들은 것은 그때가 처음이었다. 나는 눈을 감고 잠을, 침묵을 기다렸다. 하지만 개구리들은 멈추지 않았다. 새벽 두시, 나는 침대에서 일어나 컴퓨터로 가서 글을 쓰기 시작했다.

개똥 같은 일

첫번째 단편을 쓴 것은 이십육 년 전, 이스라엘에서 가장 경비가 삼엄한 군대 기지 한 곳에서 지낼 때였다. 그때 나는 열아홉이었고, 병역 의무가 끝날 날만 세고 있던 우울하고 형편없는 군인이었다. 나는 땅속 깊은 곳, 창문 하나 없이 고립된 컴퓨터실에서 유난히 긴 교대를 서다가 그 단편을 썼다. 네온 불빛이 비치는 영하의 컴퓨터실 가운데 서서 인쇄된 문서를 쳐다보았다. 왜 그것을 썼는지, 그것이 정확히 무슨 목적을 갖는지 나 자신에게조차 설명할 수 없었다. 내가 그 모든 문장을 지어내 타자했다는 사실은 신나기도 했지만 두렵기도 했다. 당장 그 단편을 읽어줄 사람을 찾아야 할 것 같았다. 내 글을 좋아하거나 이해하지 못한다 하더라도 나를 진정

시키고 글이 아주 괜찮다고, 실성으로 나아가는 또 한 걸음은 아니라고 말해줄 수 있을 것 같았다.

첫번째 독자 후보는 열네 시간 후에야 도착했다. 그는 다음 교대를 설 여드름 자국 가득한 하사였다. 나는 침착하게 말하려고 애쓰면서 단편을 하나 썼으니 읽어달라고 했다. 그는 선글라스를 벗더니 무심하게 말했다. "꺼져."

나는 몇 개의 계단을 올라 지상으로 나갔다. 뜬 지 얼마 안 된 태양에 눈이 부셨다. 오전 여섯시 삼십분이었고, 내게는 독자가 절실하게 필요했다. 문제가 있을 때면 으레 그렇게 하듯이, 형의 집으로 향했다.

건물 현관에서 인터폰을 눌렀고, 형의 졸린 목소리가 대답했다. "단편을 하나 썼어." 내가 말했다. "형이 읽어줬으면 좋겠어. 올라가도 돼?" 잠시 침묵이 흐르더니 형이 미안해하는 목소리로 말했다. "안 될 거 같은데. 너 때문에 여자친구가 깼어. 화났어." 잠시 또 침묵이 흐르더니 형이 덧붙였다. "거기서 기다려. 옷 입고 개랑 같이 내려갈게."

몇 분 뒤 형이 작고 색 바랜 것처럼 보이는 개를 데리고 나왔다. 개는 일찍 산책을 나와서 신이 났다. 형은 내 손에서 종이를 받아가더니 걸어가면서 읽기 시작했다. 그런데 개가 건

물 근처 나무 옆에 흙이 조금 있는 곳에서 볼일을 보려 했다. 녀석은 작은 발로 땅을 파면서 버텼지만, 형은 읽느라 몰입해서 알아차리지 못했고, 나는 불쌍한 개를 질질 끌며 빠르게 걸어가는 형을 따라잡느라 발걸음을 재촉하고 있었다.

다행히 단편이 매우 짧았고 형이 두 블록을 걸어간 뒤 걸음을 멈추자 개는 균형을 되찾고 원래 계획대로 볼일을 보았다.

“이 단편 멋지다.” 형이 말했다. “읽고 나니 머리가 띵한걸. 복사해둔 것 하나 더 있어?” 나는 그렇다고 했다. 형은 ‘동생을 자랑스러워하는 형의 미소’를 지은 뒤 허리를 숙여 그 인쇄지로 개똥을 주워 쓰레기통에 버렸다.

그때가 바로 작가가 되고 싶다는 것을 깨달았던 순간이다.

의도한 바는 아니었겠지만, 형이 내게 이야기해준 것이 있었다. 내가 쓴 소설이 거리의 쓰레기통 바닥에 떨어져 있는, 개똥 묻은 구겨진 종이가 아니라는 것이다. 그 종이는 내 감정을 내 마음속에서 형의 마음속으로 전달할 수 있는 파이프라인에 불과했다. 마법사가 처음으로 주문을 거는 데 성공했을 때 어떤 느낌인지 모르지만, 그 순간 내가 느낀 감정과 비슷할 것이다. 나는 전역 때까지 긴긴 두 해를 버티도록 도와줄 마법을 발견했다.

최후의 승자

9·11 테러가 발발한 지 일주일도 지나지 않은 시점, 케네디 공항은 B급 액션 영화의 세트장 같았다. 제복을 입은 보안 요원들이 라이플총을 움켜쥐고서, 길게 줄을 서 있는 수천 명의 탑승객들에게 불안한 목소리로 고함을 치며 터미널을 순찰했다. 나는 그날, 1960년대를 마약에 절은 채로 보내고 이제 거나하게 취한 네덜란드 히피들의 환상에나 등장할 법한, 초현실적이고 매혹적인 예술제에 참석하기 위해 암스테르담으로 출발하게 되어 있었다.

미국에서 거주 예술가*로서 몇 달을 보내고 나니, 떠나는

---

* artist in residence. 예술가 후원 프로그램의 일환으로 기관으로부터 초청을 받아 해당 지역에서 거주하며 활동하는 예술가.

것이 반가웠다. 암스테르담이 고향만은 못하겠지만, 그래도 내가 가장 사랑하는 사람이 며칠 동안 함께 있기 위해 그리로 오겠다고 했으니 그만하면 비슷했다. 그리고 예술제가 끝나면 다시 미국으로 돌아가서 낯선 억양과 중동 여권을 가진 거무스름한 외국인으로 두 달을 더 힘들게 살아야 한다고 생각하니, 그 휴가는 몹시 절실했다.

그 시절 전자 항공권은 지금처럼 흔치 않았는데, 친절한 예술제 담당자가 내 티켓이 공항 KLM 항공사 카운터에서 기다리고 있을 거라고 했다. 그런데 카운터의 불친절한 직원은 나를 기다리는 티켓 같은 건 없다고 했다. 나는 조금 충격을 받았다. 네덜란드에 있는 예술제 담당자에게 전화를 걸었더니 명랑하지만 졸린 목소리가 응답했다. 담당자는 반갑다는 인사를 한 뒤, 티켓 보내는 걸 잊었음을 기억해냈다. "이런 멍청한," 그가 말했다. "요즘 제가 이렇게 깜빡깜빡하네요." 그는 내가 우선 공항에서 티켓을 사면 암스테르담에 도착해서 정산을 해주겠다고 제안했다. 티켓이 아마 비쌀 거라고 하자 그가 말했다. "아이고, 그런 말씀은 하지도 마세요. 그놈의 티켓이 백만 불이라고 해도 사세요. 내일 멋진 행사가 예정되어 있으니 선생님은 꼭 오셔야 합니다."

심술궂은 표정의 직원은 이코노미 클래스의 가운데 좌석에 2,400달러를 요구했지만, 나는 군말 없이 돈을 냈다. 멋진 행사와, 당시엔 사랑하는 여자친구였던 사랑하는 아내가 암스테르담에서 나를 기다리고 있었다. 그 비행기에 반드시 타야 했다. 기내는 완전히 만석이었고 승객들은 조금 불안하고 긴장한 것 같았다. 쉽지 않은 비행이리라는 예감은 있었지만 내 자리, 그러니까 수녀와 안경 쓴 중국인 사이에 턱수염을 기르고 팔에 문신을 하고 선글라스를 쓴, 지지 탑ZZ Top의 사악하고 뚱뚱한 형처럼 생긴 남자가 앉아 있는 것을 보았을 때 그 예감은 더욱 강해졌다.

"실례합니다." 나는 좀 소심하게 그에게 말했다. "제 자리에 앉아 계신데요."

"내 자리요." 턱수염 사내가 말했다. "꺼지쇼."

"하지만 제 탑승권에는 이 자리라고 적혀 있는데요." 나는 버텼다. "보세요."

"보기 싫소." 턱수염이 내가 내민 손을 무시하고 말했다. "내 자리라고 말했소. 그러니 꺼져요."

이 시점에서 나는 승무원을 부르기로 했다. 승무원은 턱수염에게서 좀더 협조를 구할 수 있었고, 알고 보니 전산 에러로 우리 둘 다 같은 좌석 번호가 적힌 탑승권을 받게 된 것이었다. 승무원은 권위 있는 목소리로 비행기가 완전히 만석이니 둘 중 한 사람은 내려야 한다고 말했다.

“동전을 던져서 결정하죠.” 내가 턱수염에게 말했다. 사실 나는 비행기에 타고 싶은 마음이 간절했지만, 이 열받는 상황을 공정하게 해결할 방법은 그뿐인 것 같았다. “동전은 무슨.” 턱수염이 말했다. “난 자리에 앉아 있소. 당신은 서 있고. 당신이 내리시오.”

그때 나는 이미 과부화 상태였던 두뇌의 회로가 마침내 터지는 것을 느꼈다. “나는 비행기에서 내릴 수 없어요.” 내가 승무원에게 말했다. 승무원은 우리 때문에 승객들이 더 타지 못하니 어서 비켜달라고 말하러 온 참이었다. “당장 내려주세요.” 그녀가 차가운 목소리로 말했다. “아니면 보안 요원을 부르겠어요.”

“불러요.” 나는 울먹이며 말했다. “보안 요원을 불러서 날 끌어내려요. 그러면 내가 당신 항공사에 청구할 손해배상 금액에 0이 몇 개는 더 붙을 테니까. 나는 티켓값을 제대로 지불했어요. 탑승권도 받았고, 비행기도 탔어요. 여기서 이야기는 끝이에요. 비행기에 자리가 부족하면 당신이 내려요. 내가 승객들에게 기내식을 나눠줄 테니까요."

승무원은 보안 요원을 부르지 않았다. 대신, 흰머리에 파란 눈의 기장이 나타나더니 위로하듯 내 어깨를 어루만지며 정중히 내려달라고 부탁했다. "난 못 내려요." 내가 말했다. "그리고 날 강제로 끌어내리려고 한다면 당신들 전부 고소하겠어요. 전부 다요. 알겠어요? 여긴 미국이에요. 이보다 사소한 일로도 수백만 달러를 배상받는 곳이라고요." 그리고 가장 고압적으로 굴어야 하는 그 순간, 나는 울기 시작했다.

"암스테르담에 왜 가셔야 합니까?" 기장이 물었다. "가족이 편찮으신가요?" 나는 고개를 저었다.

"그럼 무슨 일입니까? 여자 때문인가요?"

나는 고개를 끄덕였다. "하지만 그 사람을 만나야 해서 이러는 건 아니에요." 내가 말했다. "전 그저, 여기 도저히 더 못 있겠어요." 기장은 잠시 입을 다물고 있더니 이렇게 물었다. "점프 시트*에 앉아서 여행해본 적이 있습니까?" 나는 겨우 울음을 그치고 없다고 대답했다.

"미리 경고드립니다." 기장이 미소를 지으며 말했다. "아주

* 항공기에서 승객에게 공식적으로 제공하지 않는 보조 좌석.

불편한 자리입니다. 하지만 여기서 벗어날 수 있고, 좋은 이야깃거리를 얻을 수 있을 겁니다." 그의 말은 옳았다.

놀이공원

내가 어릴 적에 아버지는 손가락이 하나 없는 친구를 만나러 가면서 나를 데려갔다. 내가 네 손가락만 있는 손을 빤히 쳐다보자, 그 아저씨는 전에 공장에서 일했다고 말해주었다. 어느 날 손목시계가 기계 속으로 떨어졌고, 아저씨가 본능적으로 기계 속으로 손을 넣자, 날카로운 칼날이 손가락을 잘라버렸다.

"순식간에 일어난 일이었단다." 그는 한숨을 쉬며 말했다. "하지만 내 두뇌가 팔에게 기계에 손을 넣지 않는 게 좋겠다고 말했을 때는 이미 손가락이 아홉 개만 남았지."

그 이야기를 귀담아들으며 슬픈 표정을 지으려고 노력했던 기억이 났다. 하지만 내 몸속 깊은 곳에서 박동 치던 강한 자만심은, 이런 일은 운 나쁜 타인에게는 일어날 수 있지만, 내겐 절대 일어날 리 없다고 말했다.

"만약 내가 칼날이 가득 든 기계에 시계를 떨어뜨린다면, 그걸 찾으려고 손을 뻗는 어리석은 짓을 할 리 없어." 나는 속으로 생각했다.

몇 주 전 아침, 바로 이 일화가 기억나는 일이 생겼다. 아내와 나는 여섯 살이 다 되어가는 아들 레브에게 파리로 가족 여행을 갈 거라는 이야기를 했다. 아내는 에펠 탑과 루브르 박물관에 대해 신이 나서 이야기했고, 나는 퐁피두 센터와 뤽상부르 공원에 대해 중얼거렸다. 레브는 그저 어깨를 한번 으쓱이더니 대신 엘리아트*에나 가면 안 되냐고 의욕 없이 물었다. "거기 가면 외국이랑 똑같잖아. 모두 다 히브리어를 쓰는 것만 빼고."

그리고 그것이 왔다. 찰나의 실수 때문에 큰 대가를 치르게 되는 순간이. 손가락 수는 그대로 남지만, 다시는 회복할 수 없는 감정의 상흔이 남게 되는 그런 실수 말이다.

"유로 디즈니라고 들어봤니?" 나는 히스테리에 가까운 들

---

* 이스라엘 최남단의 항구도시.

뜬 목소리로 물었다.

"유로 뭐?" 레브가 물었다. "그게 뭐야?"

아내는 뛰어난 생존 본능으로 재빨리 껴들었다. "아, 아무것도 아니야." 아내가 말했다. "그냥 어디냐면, 있잖아, 아주 멀고 바보 같은 데야. 자, 인터넷으로 에펠 탑 사진 찾아보자."

하지만 이제 레브의 귀가 쫑긋 섰다. "에펠 탑은 보고 싶지 않아. 아빠가 방금 말한 곳 사진을 보고 싶어."

그날 오후, 아이가 지난 이 년 동안 브라질 음악에 맞추어 친구들을 발로 멋지게 걷어차는 법을 배우고 있는 카포에이라 수업에 갔을 때, 나는 아내에게 용서를 빌었다. "애가 여행에 하도 관심이 없어서 흥미를 끌어보려다가 그랬어."

"알아." 아내가 이렇게 말하고 나를 따뜻하게 안아주었다. "걱정 마. 뭘 겪게 되든 금세 지나갈 거야. 아무리 끔찍해도, 우리에게 남은 긴 생애 중에 단 하루인걸."

이 주 뒤, 비가 추적추적 내리는 잿빛 일요일 아침, 우리는 지금은 디즈니랜드 파리라고 부르는 곳의 바깥 광장에서 떨며 서 있었다. 행복한 복장을 한 슬픈 직원들이 놀이기구로 가는 길을 몸으로 막고 있었다. "현재 입장은 디즈니 호텔 숙박객과 디즈니 패스포트 소지자에게만 허용됩니다. 디즈니 패스포트는 매표소에서 구입하실 수 있습니다." 그중 한 명이 에이미 와인하우스 같은 구슬프고 쉰 목소리로 설명했다.

"나 추워." 레브가 징징거렸다. "저 아줌마가 들여보내줬음 좋겠어."

"그럴 수가 없어." 나는 이렇게 말하고 나서 아이 콧구멍에 매달려 있는 얼어붙은 콧물을 녹여보려고, 처량한 심정으로 따뜻한 입김을 불어보았다.

"하지만 저애들은 들어가잖아." 레브는 와인하우스에게 반짝이는 미키 패스포트를 흔들어대며 신이 난 아이들을 가리키며 울었다. "왜 쟤들은 들어가는데 나는 안 돼?"

나는 매우 부적절하게 진지한 대답을 내놓았다. "여름에 저항운동 얘기한 거 기억나니? 사람들이 똑같은 기회를 누리지 못한다는 거?"

"미키 보고 싶어!" 아이가 징징거렸다. "미키한테 이를 거야. 저 아줌마가 이러는 걸 알면 미키랑 플루토가 우릴 들여보내줄 거야."

"미키랑 플루토는 사실 존재하지 않아." 내가 말했다. "그리고 존재한다고 해도, 개랑 쥐가 잘나가는 상장 기업의 이익

극대화 정책에 영향을 줄 수 있겠니? 아마 미키가 우릴 도와 주러 온다면 해고돼서……"

"팝콘!" 아이가 외쳤다. "팝콘 사줘! 저기 뚱뚱한 애가 먹고 있는 것처럼 어두운 데서 반짝이는 팝콘!"

그날 저녁이면 형광색 똥이 될 유난히 끈적이는 팝콘을 두 통 먹고 나자 와인하우스는 우리를 포함한 수천 명의 가족들을 입장시켰고, 우리는 모두 놀이기구를 향해 돌진했다. 평화주의자인 아내가 우는 아이를 밟지 않으려고 잠시 비켜선 덕분에 우리는 덤보 회전목마를 이십 분 더 기다려야 했다. 서 있을 때는 줄이 아주 짧아 보였다. 그것이 바로 디즈니랜드의 진정한 천재성일 것이다. 줄을 구불구불 돌게 만들어서 항상 실제보다 짧아 보이게 하는 것. 기다리는 동안 나는 아이폰으로 월트 디즈니에 관한 몇 가지 흥미로운 사실을 읽었다. 내가 본 웹사이트에서는 디즈니가 일설과는 달리 사실 나치가 아니었고, 공산주의를 증오하고 독일인을 유난히 좋아한, 평범한 반유대주의자였다고 주장했다.

미로처럼 혼란스러운 줄 속에 서 있는 우리 주위로, 작은 식물이 자라고 있는 장식용 돌기둥이 있었다. 레브는 그 작은 나무에서 냄새가 난다고 불평했다. 처음에는 착각이라고 말했지만 아빠가 아들을 기둥 위에 세워 그 나무 위로 오줌을 누게 하는 것을 세 번이나 보고 나니, 그 놀이공원의 설계자들에게 엄청난 건축학적 지혜를 선사한 신께서 내 아들에게는 예리한 후각을 주었음을 깨달았다. 그 무렵 날씨가 조금 풀렸고, 레브의 콧물은 다시 흐르기 시작했다. 아내는 내게 티슈를 구해오라고 했다. 재빨리 한 바퀴 돌고 나자, 그 놀이공원에서는 돈으로 살 수 있는 것은 무엇이든지 쉽게 구할 수 있지만, 화장실, 빨대, 냅킨 등 돈이 되지 않는 물건은 찾기가 불가능함을 알게 되었다. 가족에게 돌아가니 레브가 신이 나서 덤보 회전목마에서 내려오고 있었다. 아이가 달려와 나를 끌어안았다.

"아빠! 재미있었어!" 그 말이 큐 사인이라도 된 것처럼, 거대한 미키 마우스가 나타나더니 방문객들과 수다를 떨기 시작했다.

"미키한테 말해줘." 레브가 내게 지시했다. "이스라엘에도 여기랑 똑같은 셰켈 디즈니를 열고 싶다고."

"셰켈 디즈니가 뭔데?" 내가 물었다.

"여기랑 똑같지만, 유로를 받는 대신에 우린 셰켈을 받을 거야." 금융에 밝은 우리 꼬마가 이렇게 설명했다.

미키가 다가왔다. 이제 손을 뻗으면 닿을 만큼 가까워졌다. 나는 어색한 분위기를 모면해보고자 그의 방향으로 "봉주르" 라고 말했다. "디즈니랜드 파리에 오신 것을 환영합니다!" 미키가 우리를 향해 하얀 장갑을 낀, 손가락이 네 개뿐인 손을 흔들었다.

여섯째 해

Year Six

처음부터 다시

내게는 좋은 아버지가 있다. 운이 좋다는 거 나도 안다. 모두에게 좋은 아버지가 있는 것은 아니다. 지난주 아버지와 정기 검진을 받으러 갔는데, 의사들이 아버지가 돌아가실 거라고 했다. 아버지의 혀뿌리에 말기 암이 진행되고 있다. 치료할 수 없는 암이다. 암은 이 년 전에도 아버지를 찾아왔다. 그때는 의사들도 낙관적이었고, 아버지는 정말로 암을 이겼다.

이번에는 의사들이 몇 가지 안이 있다고 했다. 아무것도 하지 않으면 아버지는 몇 주 안에 돌아가실 것이다. 화학요법 치료를 받을 수 있는데, 그러면 몇 달 더 사실 수 있다. 방사선 치료도 할 수 있지만, 그건 도움보다는 고통이 더 심할 가능성이 크다. 혹은 수술로 아버지 혀와 후두를 제거할 수 있다. 열 시간이 넘게 걸리는 대수술이며, 아버지의 연세를 감안했을 때, 의사들은 성공 가능한 선택안이 아니라고 생각했다. 하지만 아버지는 그것이 마음에 든다고 했다. "내 나이에는 혀가 필요 없어요. 머리에 눈이 있고 뛰는 심장만 있으면 되지요." 아버지가 젊은 담당의에게 말했다. "나쁜 일이라고 해봤자, 당신이 참 예쁘다고 말하는 대신 글로 쓰면 되는 일 아닌가요."

의사는 얼굴을 붉혔다. "말씀드린 것뿐만 아니라 수술 후의 외상이 문제입니다." 의사가 말했다. "수술 후에 생존하신다면, 고통과 힘든 재활이 남아 있습니다. 삶의 질에도 엄청난 타격이 될 겁니다."

"나는 사는 게 좋아요." 아버지가 고집스러운 미소를 지었다. "삶의 질이 좋으면 다행한 일이지. 하지만 안 좋으면 안 좋은 대로 살면 되는 거예요. 난 까다롭지 않아요."

병원에서 집으로 돌아오는 택시 안에서, 아버지는 마치 내가 다섯 살로 돌아가 복잡한 도로에서 같이 길을 건너려는 듯이 내 손을 잡았다. 아버지는 새로운 사업 기회에 대해서 논의하는 기업가처럼, 여러 가지 치료안에 대해서 신이 나서 이야기했다. 아버지는 사업가다. 스리피스 정장을 입은 거물 경영자는 아니고, 사고팔기 좋아하고, 사고팔 수 없다면 빌려주고 돈을 받는 사람이다. 아버지에게 사업은 사람들을 만나고, 소통하고, 작은 일을 해내는 방편이다. 아버지는 어느 가판대에서 담배 한 갑을 사더라도 곧 가판대 주인에게 동업을 해보자고 제안한다.

"지금 아주 이상적인 상황이란다." 아버지가 내 손을 쓰다듬으며 아주 진지하게 말했다. "나는 상황이 바닥을 칠 때 결정을 내리는 걸 좋아하지. 그런데 상황이 어찌나 암담한지 결국 이보다는 나아지는 것밖에 없겠구나. 화학요법을 받으면 곧바로 죽고, 방사선 치료를 하면 턱에 괴저가 생기고. 모두 다 내가 여든셋이라 수술을 받으면 살아남지 못할 거라고 하는구나. 내가 이런 상황에서 땅을 얼마나 많이 사들였는지 너도 알지? 주인이 팔지도 않으려고 하고, 내 주머니에 동전 한 닢 없을 때 말이다."

"알아요." 내가 말했다. 정말로 알고 있다.

내가 일곱 살 때 우리는 이사를 했다. 원래 살던 아파트도 같은 거리에 있었고 우리 모두 그곳을 좋아했지만, 아버지는 더 큰 곳으로 이사를 가자고 했다. 제2차대전 중, 아버지와 아버지의 부모님, 그리고 다른 사람들이 어느 폴란드 소도시의 땅속 굴에서 육백 일 가까이 숨어 지냈다. 굴이 너무 작아서 그들은 서지도 눕지도 못하고 앉아 있을 수밖에 없었다. 러시아인들이 그 지역을 해방시켰을 때, 그들은 아버지와 할아버지, 할머니를 들어서 옮겨야 했다. 모두 스스로 움직일 수 없었다. 근육이 전부 위축되어버린 것이다. 굴에서 보낸 시간 때문에 아버지는 사생활에 민감해졌다. 형과 누나, 내가 같은 방에서 지낸다는 사실이 아버지에게는 미칠 노릇이었다. 아버지는 우리 모두에게 각자의 방이 있는 곳으로 이사하고 싶었다. 아이들은 사실 한방을 쓰는 것이 좋았지만, 아버지가 마음을 정하자 바꿀 방법은 없었다.

예전에 살던 아파트를 이미 팔고 이사 나가기로 한 날로부터 몇 주 전 어느 토요일, 아버지는 우리를 새집으로 데려갔다. 새집에 아무도 없다는 것을 알면서도 우리는 모두 샤워를 하고 제일 좋은 옷으로 차려입었다. 어쨌든 새 아파트를 보러 가는 날이 매일 있는 것은 아니니까.

건물은 완공되었지만, 아직 거기에는 아무도 살지 않았다. 모두 승강기에 탄 것을 확인한 뒤, 아버지는 5층 버튼을 눌렀다. 그곳은 그 근방에서 승강기가 있는 몇 안 되는 건물이었고, 짧은 시간이라도 승강기가 올라가는 동안은 짜릿했다. 아버지는 강철로 된 문을 열고 우리에게 방을 하나씩 보여주었다. 우선 아이들의 방, 그리고 안방, 마지막으로 거실과 커다란 발코니. 전망이 감탄스러웠고, 우리 모두, 특히 아버지는 마법의 궁전 같은 우리 새집에 홀려버렸다.

"이런 전망을 본 적 있소?" 아버지는 어머니를 끌어안고 거실 창문에서 보이는 푸른 언덕을 가리켰다.

"아뇨." 어머니는 심드렁하게 대답했다.

"그런데 왜 그렇게 부루퉁한 얼굴이요?" 아버지가 물었다.

"바닥이 없잖아요." 어머니가 조그맣게 말하고는 우리 발밑에 흙과 그 사이로 드러나 있는 금속 파이프를 내려다보았다. 그때야 나도 고개를 숙여, 형과 누나와 함께 어머니가 본 것을 보았다. 아니, 우리 모두 바닥이 없음을 진작 봤을 테지만, 아버지가 흥분하고 들뜬 것을 보고서는 그 사실에는 별로 관심을 두지 않았던 것이다. 아버지도 이제 고개를 숙였다.

"미안하구려." 아버지가 말했다. "돈이 더 없어서."

"이사를 하고 나면 바닥을 닦아야 해요." 어머니가 아주 아무렇지도 않은 듯이 말했다. "타일을 닦는 법은 알지만, 모래를 닦는 법은 모르겠네요."

"당신 말이 옳소." 아버지가 이렇게 말하고 어머니를 끌어안으려고 했다.

"내 말이 옳다고 해서 집안 청소하는 데 도움이 되진 않아요." 어머니가 말했다.

"알았어요, 알았어." 아버지가 말했다. "그 얘긴 그만하고 잠시만 조용히 있어주면 무슨 수를 생각해내겠소. 알겠소?"

어머니는 못 미더운 얼굴로 고개를 끄덕였다. 승강기를 타고 내려가는 길은 전만큼 즐겁지 않았다.

몇 주 뒤 새 아파트로 이사를 들어왔을 때, 바닥에는 도기 타일이 완전히 깔려 있었고, 방마다 색깔이 달랐다. 1970년대 사회주의 이스라엘에서는 타일이 한 가지—참깨 색깔—뿐이었고, 우리 아파트의 색색—빨강, 검정, 갈색—바닥은 처음 보는 것이었다.

"이제 됐소?" 아버지가 어머니의 이마에 자랑스레 입을 맞췄다. "무슨 수를 내겠다고 했잖소."

한 달 뒤가 되어서야 우리는 아버지의 묘수가 정확히 무엇이었는지 알게 되었다. 나는 그날 집에서 혼자 샤워를 하고 있는데, 하얀 셔츠를 입은 회색 머리의 남자가 젊은 부부와 함께 욕실로 들어왔다. "이건 볼케이노 레드 타일입니다. 이탈리아 직수입품이죠." 그가 바닥을 가리키며 말했다. 여자가 먼저, 벌거벗고 비누칠을 하다가 자신들을 빤히 쳐다보는 나를 보았다. 세 사람은 재빨리 미안하다고 사과하고 욕실에서 나갔다.

그날 저녁식사 때, 그 일에 대해 모두에게 말하니 아버지가 비밀을 밝혔다. 바닥 타일을 살 돈이 없어서 아버지는 도기 회사와 거래를 맺었다. 회사에서 공짜로 타일을 주는 대신에, 아버지는 그들이 우리집을 모델하우스로 쓰도록 해주기로 한 것이었다.

택시는 부모님이 사는 건물에 이미 도착했고, 내릴 때까지도 아버지는 내 손을 잡고 있었다. "나는 이런 결정을 내리기를 좋아한단다. 잃을 것은 없고 얻을 것은 많을 때 말이지." 아버지가 다시 말했다. 아파트 문을 열자 익숙하고 기분 좋은 냄새가 우리를 맞아주었다. 수백 가지 색색의 바닥 타일과 하나의 강력한 희망의 냄새였다. 누가 아는가? 어쩌면 이번에도 삶과 아버지는 또 한 차례 뜻밖의 거래로 우리를 놀라게 할지도 모른다.

미술관의 밤

살다보니 나의 비뚤어진 성격에 대해 한 가지 흥미로운 사실을 알게 되었다. 남의 요청에 응하는 문제에 관한 한, 요청한 일의 시간적 근접성과 내가 그 요청을 들어주고 싶은 용의 사이에는 반비례 관계가 있다는 것이다. 예를 들어 아내가 오늘 차를 한잔 끓여달라고 작은 부탁을 하면 정중히 거절하지만, 내일 식료품 장을 봐오라는 일은 관대하게 수락한다. 한 달 후에 먼 친척이 새 아파트로 이사 가는 걸 도와달라고 하면 그러겠다고 하는 데 아무 문제가 없다. 그리고 지금으로부터 육 개월 후라면, 벌거벗고 북극곰과 씨름이라도 하겠다고 나설 것이다. 이런 성격에 중대한 문제가 있다면, 시간이 계속 앞으로 움직여 결국 어느 얼어붙은 툰드라 지역에서 하얀 털의 곰이 이빨을 드러내고 있는 것을 덜덜 떨며 마주하게 될 때, 반년 전 내가 싫다고 하지 않은 이유를 자문할 수밖에 없다는 점이다.

작가 페스티벌에 참석하기 위해 크로아티아의 자그레브에 마지막으로 갔을 때, 정확히 북극곰과 씨름을 한 것은 아니었지만, 거의 비슷한 상황이었다. 호텔로 가는 길에 페스티벌 조직위원 로만과 행사 일정을 확인하던 중, 그가 아무렇지도 않게 이런 말을 툭 던졌다. "그리고 우리 문화 프로젝트에 참가하기로 하시면서 오늘밤은 지역 미술관에서 보내기로 하신 걸 잊지 않으셨길 바랍니다." 사실 나는 완전히 잊고 있었다. 아니, 정확히 말하면 기억을 완전히 억압했던 것이다. 하지만 나중에 호텔에서 보니 칠 개월 앞서, 페스티벌 중에 자그레브 현대 미술관에서 하룻밤을 보내고 그 경험에 대해 글을 써줄 수 있는지 묻는 메일을 받았었다. 내 대답은 딱 한 줄이었다. 좋죠!

하지만 이제, 쾌적하고 편안한 호텔방에 앉아, 문이 잠기고 어두운 미술관에서 〈유고슬라비아, 분단된 국가〉 같은 제목의 녹슬고 울퉁불퉁한 금속 조각에 누워 입구에서 끌고 들어온 누더기 커튼을 덮고 있는 나 자신을 그려보니, 정반대 질문이 떠올랐다. 좋긴 뭐가?

문학 행사가 끝나고, 나는 현지 술집에 다른 참석자들과 모여 앉아 있었다. 자정쯤 되었을 때, 로만의 어시스턴트 칼라가 이제 헤어질 시간이라고 했다. 미술관에 가야 한다고. 살짝 취한 사람들을 비롯해서, 모여 있던 작가들은 자리에서 일어나 내게 좀 극적인 작별 인사를 건넨다. 건장한 몸의 바스크인 시인은 나를 꽉 안더니 이렇게 말한다. "내일 다시 만날 수 있기를." 독일인 번역가는 나와 악수하더니 눈물 한 방울을 훔친다. 아니, 콘택트렌즈를 바로잡는 것일지도 모른다.

미술관의 야간 경비원은 히브리어는커녕 영어도 한 마디 모른다. 그는 나를 어두컴컴한 복도들을 거쳐 한쪽 옆의 승강기로 안내하고, 우리는 승강기를 타고 한 층 위, 가운데에 깔끔하게 정리한 침대가 있는 아름답고 널찍한 방으로 간다. 그는 나한테 자유롭게 미술관을 돌아보라는 손짓을 한다. 나는 고개를 끄덕이며 감사 인사를 한다.

경비원이 나가자마자 나는 침대에 누워 잠을 청한다. 이른 아침 비행에서 아직 회복하지 못했고, 행사 뒤에 맥주를 마신 것도 졸음에 일조한다. 눈이 감기기 시작하지만, 나의 두뇌

한쪽은 굴복하지 않으려고 버틴다. 텅 빈 미술관을 돌아다닐 기회가 평생 몇 번이나 더 있겠는가? 잠시라도 돌아보지 않는다면 아까울 것이다. 나는 일어나 신발을 신고 승강기를 타고서 아래층으로 내려간다. 미술관이 아주 크지는 않지만, 거의 칠흑같이 어두운 상태에서는 어디가 어딘지 찾기가 어렵다. 회화와 조각 작품들을 지나치며, 승강기를 타고 편안한 방으로 돌아가는 길을 찾기 위한 표식으로 삼으려고 노력한다.

몇 분 뒤 두려움과 피로가 조금 잦아들고, 전시품을 표식으로서만이 아니라 예술 작품으로 볼 수 있게 된다. 복도를 통해 원을 그리며 걷고 있다. 항상 같은 자리로 돌아온다. 나는 두 눈으로 나를 똑바로 응시하는 듯한 근사한 여인을 그린 거대한 그림 앞의 바닥에 앉는다. 그 그림에 가로질러 적힌 글귀는 1994년 보스니아에 파병된 국제연합 보호군이었던 무명의 네덜란드 병사가 남긴 스프레이 낙서를 그대로 옮긴 것이다.

이도 없어……?

콧수염이 났어……? 똥냄새가 나……?

보스니아 여자야!

이 강렬한 작품을 보니 그날 오후 자그레브의 작은 카페에서 들은 이야기가 기억난다. 그곳 웨이터는 전쟁중에 가게에 온 사람들이 커피를 주문할 때 무슨 말을 써야 할지 몰라 힘들어했다고 말해주었다. 커피라는 단어는 크로아티아어, 보스니아어, 세르비아어마다 전부 다르고, 아무 생각 없이 한 단어를 고르면 위협적인 정치적 의미가 덧씌워졌다. "말썽을 피하기 위해서 사람들은 에스프레소를 시키기 시작했어요. 중립적인 이탈리아어니까요. 그래서 하룻밤 새 우린 여기서 커피를 안 팔고 에스프레소만 팔게 되었죠."

그 작품 앞에 앉아 말에 대해서, 내가 사는 곳과 지금 내가 있는 곳의 인종 혐오와 증오에 대해서 생각하고 있자니 해가 뜨는 것이 보인다. 밤은 지나갔고, 경비원이 나를 위해 준비해준 폭신한 침대를 즐기지 못했다.

나는 전시실 한구석의 앉아 있던 자리에서 일어나 작품 속의 아름다운 여인에게 작별 인사를 한다. 햇빛을 받은 그녀는 더욱 아름답다. 벌써 여덟시다. 나는 도시 안내책자를 쥐고 일찍부터 찾아온 관람객들이 들어오고 있는 출구를 향해 걷기 시작한다.

남자는 울지 않아

아들 레브가 내가 우는 것을 본 적 없다고 불평한다. 아이 엄마가 우는 것은 서너 번 본 적이 있다. 특히, 슬픈 결말의 동화책을 읽어줄 때 울었다. 레브는 세번째 생일에, 할아버지 병이 낫는 것이 소원이라고 말했을 때 할아버지가 우는 것도 보았다. 유치원 선생님이 우는 것도 보았다. 그녀의 할아버지가 돌아가셨다는 전화를 받았을 때였다. 우는 것을 못 본 사람은 나뿐이었다. 그 말을 듣고 나니 나는 그만 불편해졌다.

부모는 무슨 일이든지 잘해내야 하지만, 나는 능숙하지 않은 일이 많다. 레브의 유치원에는 뭔가 망가질 때마다 자동차 트렁크에서 도구상자를 꺼내서 뚝딱 그네와 수도관을 고치는 아버지들이 많다. 자동차 트렁크에서 도구상자를 꺼내지 않는 것은 내 아들의 아버지뿐이다. 그는 도구상자도, 자동차도 없기 때문이다. 그리고 그런 것이 설령 있다 하더라도 아무것도 고치지 못할 것이다. 그런—별 기술도 없는 예술가인—아버지라면, 적어도 우는 법은 잘 알아야 하지 않을까.

"아빠가 안 운다고 화가 난 건 아니야." 레브가 마치 나의 불편한 심기를 눈치채기라도 한 것처럼 조그만 손으로 내 팔을 잡아주면서 말한다. "왜 그런지 그냥 궁금해서 그래. 왜 엄마는 울고 아빠는 안 우는지."

나는 레브에게 그애 나이 때는 온갖 것을 보고 울었다고 말한다. 영화, 책, 삶을 보고도. 길거리의 걸인들, 차에 치인 고양이들, 닳아빠진 슬리퍼를 볼 때마다 울음을 터뜨렸다고. 주위 사람들은 그게 좋지 않다고 생각해서 내 생일에 아이들에게 울지 않는 법을 가르치는 동화책을 가져왔다. 그 책의 주인공은 많이 울었는데, 눈물이 나려고 할 때마다 그 눈물을 다른 원동력으로 쓰라고 하는 상상 속의 친구를 만나게 되었다. 가령 노래를 부르거나, 공을 차거나, 춤을 추는 것 말이다. 나는 그 책을 오십 번쯤 읽었고, 그 책에서 하라는 대로 계속해서 연습해서 마침내 울지 않게 되었고, 곧 거기 너무 능숙해져서 이제는 저절로 울지 않게 되었다. 그리고 지금은 울지 않는 데 익숙해서 다시 우는 법을 모르겠다.

"그럼 아빠가 어릴 때는 울고 싶을 때마다 대신 노래를 했어?" 레브가 묻는다.

"아니," 나는 내키지 않는 심정으로 말한다. "노래는 부를 줄 몰라. 그래서 눈물이 나려고 하면 대신에 주로 사람을 때렸지."

"참 이상하네." 레브가 생각에 잠긴 목소리로 말한다. "난 기분 좋을 때 남을 때리는데."

이 순간이 바로 냉장고로 가서 치즈스틱을 하나씩 꺼내 먹기 딱 좋은 때 같다. 우리는 거실에 앉아서 소리 없이 치즈를 오물거리며 먹는다. 아버지와 아들. 두 남자. 당신이 만약 문을 두드리고 예의 바르게 청한다면 우리는 치즈스틱을 하나 건네겠지만, 대신 다른 짓을 한다면, 즉 우리를 슬프거나 기분 좋게 한다면 한 대 얻어맞게 될 가능성이 높다.

사고

"삼십 년 동안 택시를 몰았어요." 운전석에 앉은 자그마한 체구의 남자가 내게 말한다. "삼십 년이나 몰았는데 한 번도 사고가 없었죠." 베에르셰바에서 택시에 올라탄 지 한 시간이 다 되어가는데, 이 사람은 일 초도 말을 멈추지 않았다. 다른 상황이라면 입 좀 다물라고 했겠지만, 그날은 그럴 기력도 없었다. 다른 상황이라면 텔아비브까지 택시를 타고 가느라 350 셰켈이나 쓰지도 않았을 것이다. 기차를 탔을 테니. 하지만 오늘은 가능한 한 일찍 집에 가야 할 것 같다. 냉동실로 돌아가야 하는 녹아내리는 아이스바처럼. 당장 충전을 해야 하는 휴대전화처럼.

지난밤은 아내와 함께 이히로브 병원에서 보냈다. 아내가 유산을 했고 하혈이 심했다. 괜찮을 줄 알았는데, 아내는 정신을 잃었다. 응급실에 가서야 의사들이 생명이 위험하다면서 수혈을 해주었다. 아버지의 주치의가 나와 부모님에게, 아버지 혀뿌리의 암이 재발했다는 것을 알려준 지 일주일도 안 되었는데 이런 일이 생긴 것이다.

택시 기사는 삼십 년 동안 단 한 번의 사고도 없었는데 갑자기 닷새 전, 자기 차가 시속 50킬로미터로 달리는 앞차의 범퍼에 "키스"를 했다는 얘기를 백 번째 반복중이다. 차를 세우고 확인해보니, 범퍼 왼쪽에 긁힌 자국 말고 앞차는 하나도 다치지 않았다. 그는 운전자에게 그 자리에서 200셰켈을 주겠다고 했지만, 그 기사는 보험 정보를 교환해야 한다고 주장했다. 이튿날, 러시아인이었던 그 운전자가 택시 기사에게 정비소로 나오라고 했고, 그와 정비소 주인—아마도 그의 친구—은 자동차 반대편에 아주 커다란 금이 간 것을 보여주면서 수리비가 2,000셰켈이라고 했다. 택시 기사는 돈을 낼 수 없다고 했고, 상대 보험회사에서 그를 상대로 소송을 냈다.

"걱정 마세요. 괜찮을 겁니다." 내가 이렇게 말하면 그가 잠시라도 말을 멈출까 싶어서 시도해본다.

"어떻게 괜찮겠어요?" 그가 불평한다. "그 작자들이 내 돈을 뜯어낼 거예요. 그 자식들이 결국 나한테서 돈을 빼앗아갈 거라고요. 얼마나 억울한 일인지 알아요? 닷새 동안 잠도 못 잤어요. 알겠어요?"

"그 생각은 그만하세요." 내가 제안한다. "삶 속에서 다른 일을 생각해보세요. 행복한 일이요."

"못 해요." 기사는 신음하며 얼굴을 찡그린다. "못 하겠어요."

"그럼 이야기라도 그만하세요." 내가 말한다. "계속 속으로 생각하면서 괴로워하시되, 저한테는 더 이야기하지 마세요, 네?"

"돈 때문이 아니에요." 기사가 계속한다. "정말이에요. 부당한 게 화가 난다고요."

"닥쳐요." 마침내 나는 이성을 잃고 만다. "잠시라도 입 좀 닥쳐요."

"왜 소리를 지르고 그래요?" 기사는 기분이 나빠서 묻는다. "난 나이도 많아요. 그러는 거 좋지 않아요."

"소리를 지른 건, 의사들이 제 아버지 혀를 자르지 않으면 돌아가실 거라고 해서 그래요." 나는 계속 소리를 지른다. "아내가 유산을 하고 입원중이라서 소리를 지른 거라고요."

내가 택시에 탄 이후 처음으로 기사는 입을 다물었고, 그러고 나자 갑자기 내가 말을 멈출 수 없다.

"거래를 하죠." 내가 말한다. "현금 인출기에 데려다주면 2,000세켈을 찾아서 드릴게요. 대신 기사님 아버지 혀를 잘라내고, 기사님 부인이 유산을 하고 수혈받고 입원하게 되는 걸로 합시다." 기사는 아직도 아무 말이 없다. 그리고 이제 나도 입을 다문다. 그에게 소리를 지른 것이 조금 불편하지만 사과를 할 정도는 아니다. 그의 눈을 피하기 위해 창밖을 내다본다. 우리가 지나친 도로 표지판에 "로시 하인"이라고 적혀 있는 걸 보고, 텔아비브로 나가는 출구를 놓친 것을 깨닫는다. 기사에게 예의 바르게 말한다. 아니, 화를 내며 말했는지, 이제 기억나지 않는다. 기사는 걱정 말라고 한다. 사실 길을 잘 모르지만, 곧 알아낼 거라고 한다.

잠시 후 그는 고속도로의 오른쪽 차선에 차를 세우고 다른 차를 세워보려고 한다. 그는 택시에서 내려 텔아비브 가는 길을 물어보려고 한다. "이러다간 우리 둘 다 죽을 거예요." 내가 말한다. "여기서 서면 안 돼요."

"삼십 년 동안 택시를 몰았다니까요." 그가 택시에서 내리면서 내게 받아친다. "삼십 년 동안 사고 한 번 안 났어요."

택시에 혼자 앉아 있던 나는 눈물이 차오르는 것을 느낀다. 울고 싶지 않다. 나 자신을 불쌍히 여기고 싶지 않다. 아버지처럼 긍정적인 마음을 갖고 싶다. 아내는 이제 무사하고 우리에겐 이미 멋진 아들이 있다. 아버지는 홀로코스트에서 살아남았고 여든세 살까지 사셨다. 그건 반만 채워진 잔이 아니다. 흘러넘치는 잔이다. 울고 싶지 않다. 이 택시에서는 울고 싶지 않다. 눈물이 차오르더니 곧 흐를 것 같다. 불현듯 쿵하는 소리가 나더니 유리창이 부서지는 소리가 난다. 사방의 세상이 산산조각이 난다. 은색 자동차 한 대가 완전히 망가져 옆 차선으로 미끄러진다. 택시도 움직인다. 하지만 땅에서 움직이는 게 아니다. 택시는 땅 위를 붕 떠서 길가의 콘크리트 벽에 부딪힌다. 부딪힌 뒤, 또 한 차례 굉음이 들린다. 또다른 차가 택시를 친 것이다.

구급차 안에서 야물커를 쓰고 있는 구급대원이 내가 아주 운이 좋다고 한다. 그런 사고에 사망자가 한 명도 없다니, 기적이라고 한다. "퇴원하자마자 제일 가까운 예배당에 가서 아직 살아 있는 것에 감사 기도를 드리세요." 휴대전화가 울린다. 아버지다. 학교는 잘 다녀왔는지, 아이는 이제 자는지 물어보려고 전화를 한 것이다. 아이는 자고 있고 학교에서도 잘 지냈다고 대답한다. 그리고 아내 시라Shira도 잘 있다고 한다. 방금 샤워하러 들어갔다고. "무슨 소리니?" 아버지가 묻는다.

"구급차 사이렌 소리요." 내가 말한다. "방금 거리에서 구급차가 한 대 지나갔어요."

오 년 전, 아내와 아들을 데리고 시칠리아에 갔을 때, 아버지에게 안부 전화를 했다. 아버지는 아무 일도 없다고 했다. 뒤에서 스피커로 살먼 선생님은 수술실로 오라는 소리가 들려왔다. "어디 계신 거예요?" 내가 물었다.

"슈퍼마켓에 왔어." 아버지가 잠시도 지체 없이 대답했다. "스피커에서 누가 지갑을 잃어버렸다는구나."

아버지는 그렇게 말할 때 너무나 진짜 같았다. 너무나 자신만만하고 행복한 목소리였다.

"왜 우니?" 지금, 아버지가 전화로 묻는다. "아무것도 아니에요." 구급차가 응급실 옆에 서고 구급대원이 문을 활짝 연다. "정말이에요. 아무것도 아니에요."

아들을 위해 콧수염을

레브의 여섯번째 생일 전, 우리는 특별히 원하는 선물이 있는지 물었다. 레브는 나와 아내를 살짝 수상쩍은 눈초리로 쳐다보더니 왜 특별한 것을 해야 하는지 물었다. 나는 꼭 그래야 하는 건 아니지만, 생일이 특별한 날이니까 사람들은 보통 특별한 일을 한다고 말했다. 집을 장식하거나, 케이크를 굽거나, 평소에 안 가는 곳에 여행을 가거나, 레브가 원하는 일이 있으면 엄마와 내가 기꺼이 해주겠다고 했다. 그리고 그런 게 없다면, 그냥 평소처럼 지낼 수도 있다고 했다. 레브가 결정하라고. 레브는 잠시 나를 빤히 쳐다보더니 말했다. "아빠 얼굴에 특별한 걸 해줘."

그래서 콧수염이 탄생한 것이다.

콧수염은 머리카락과 비슷하면서도 신비한 존재다. 더 폭신한 형제인 턱수염보다 훨씬 더 알 수 없는 존재다. 턱수염은 확실히 괴로움(죽은 이를 애도하거나, 종교에 귀의하거나, 무인도에 버려지는 것)을 암시한다. 콧수염이 연상시키는 것은 영화 〈샤프트〉, 버트 레이놀즈, 독일의 포르노 배우들, 오마 샤리프, 그리고 바샤르 알아사드*이다. 한마디로, 70년대와 아랍인들이다. 그러니 오랜 지인이 당신의 콧수염을 처음 보면, "왜 그래?"나 "가족은 잘 있나?" 혹은 "무슨 새로운 작업이라도 하고 있어?"라고 묻는 대신, "콧수염은 왜 길렀어?"라고 묻는 게 당연하다.

새로 콧수염을 기른 타이밍—아내의 유산 열흘 뒤, 교통사고로 허리를 다친 지 일주일 뒤, 아버지가 수술 불가능한 암에 걸린 것을 안 지 이 주 뒤—은 그보다 더 좋을 수 없었다. 아버지의 화학요법 치료나 아내의 입원에 대해 이야기하는 대신, 모든 종류의 사소한 대화는 내 윗입술 위에서 자라고 있는 무성한 털로 돌릴 수 있었다. 그리고 누가 "콧수염은 왜 길렀어?"라고 물으면 완벽한 대답이 있었고, 심지어 그 대답

* 시리아의 대통령.

은 사실이었다. "아들을 위해서야."

콧수염은 화제 전환 장치만이 아니다. 그것은 어색한 분위기를 푸는 데도 뛰어난 기능을 한다. 낯익은 얼굴에 콧수염이 새로 난 것을 보고 얼마나 많은 사람들이 자신만의 콧수염 사연을 풀어놓길 좋아하는지 놀라울 지경이다. 그렇게 해서 나는, 최근에 다시 아픈 허리를 치료하기 위해 찾은 침술사가 이스라엘 방위군 엘리트 부대의 장교였으며, 얼굴에 콧수염을 그린 적이 있다는 것을 알게 되었다. "우스갯소리 같지만," 그가 말했다. "한번은 비밀 작전에 나갔는데, 아랍인으로 변장을 했습니다. 가장 중요한 두 가지가 콧수염이랑 구두라고 하더군요. 콧수염을 잘 기르고 그럴싸한 구두만 신으면, 폴란드인 사이에서 태어난 사람이라도 아랍인으로 여겨줄 거라고요."

침술사는 그 작전을 잘 기억하고 있었다. 장소는 레바논, 때는 겨울이었고, 그들은 개방된 들판을 가로질러 움직이고 있었다. 멀리서 카피에*를 쓴 남자가 다가오는 것이 보였다. 그는 어깨에 무기를 메고 있었다. 그들은 땅에 납작 엎드렸

* 아랍 남성이 쓰는 두건.

다. 그들에게 내려진 명령은 분명했다. 칼라시니코프 자동소총을 가진 사람을 만나면 테러리스트이니 즉각 발포해야 했다. 사냥용 라이플총을 가진 사람이라면 아마 양치기일 것이었다.

침술사는 자기 분대의 저격수 둘이 무전기로 언쟁하는 것을 들었다. 한 명은 그 무기의 끝부분을 보면 중국제 칼라시니코프가 분명하다고 주장했다. 다른 한 명은 칼라시니코프라고 하기에는 무기가 너무 길다고 했다. 구식 라이플총이지, 자동소총이 아니라는 것이다. 그 사람은 점점 더 가까이 오고 있었다. 첫번째 저격수는 계속 발포 허가를 구했다. 다른 저격수는 아무 말도 하지 않았다. 침술사는 땀에 젖어 거기 엎드려 있었다. 쌍안경을 들고 콧수염을 그린 스무 살짜리 청년이었던 그는 어찌해야 할지 알 수 없었다. 부대의 중위는 상대가 정말로 테러리스트라면 자신들을 알아차리기 전에 쏴야 한다고 귀에 대고 속삭였다.

그 순간, 그들을 향해 걸어오던 사람이 걸음을 멈추고 돌아서더니 오줌을 눴다. 침술사는 그제야 쌍안경을 통해 그가 커다란 우산을 들고 있는 것을 잘 볼 수 있었다.

"됐습니다." 침술사는 내 왼쪽 어깨에서 마지막 침을 뽑더니 말했다. "이제 옷을 입으세요." 셔츠의 단추를 채우고 거울을 보니 거울 속의 콧수염이 너무나 비현실적으로 느껴졌다. 방금 들은 이야기처럼. 콧수염 같은 낙서를 얼굴에 그린 젊은이가, 전쟁처럼 보이는 비밀 작전에서, 소총처럼 생긴 우산을 든 사람을 거의 죽일 뻔한 이야기. 레브의 생일만 지나면 나는 이 콧수염을 밀어버릴 것이다. 이곳의 현실은 지금 이대로도 충분히 혼란스러우니까.

첫잔에 반한 사랑

오 년 전, 부모님은 좀 힘든 상황에서 결혼 사십구 주년을 축하했다. 아버지는 뺨이 부어올라 입속에 땅콩을 감추고 있는 사람마냥 어딘가 켕기는 표정으로 잔칫상에 앉아 있었다. “임플란트 수술을 한 뒤로 너희 아버지는 꼭 무슨 일을 꾸미는 다람쥐 꼴을 하고 있구나.” 어머니는 상당히 못마땅한 어조로 말했다. “하지만 의사는 일주일만 지나면 나아질 거란다.”

“저 사람이 저런 식으로 말하는 건, 내가 지금 깨물 수 없다는 걸 알기 때문이지.” 아버지가 비난하며 말했다. “하지만 염려 말아요, 마멜레. 우리 다람쥐들은 기억력이 좋거든.” 그리고 그 주장을 증명하기 위해, 아버지는 오십 년 전으로 거

슬러올라가 어머니와의 첫 만남 이야기를 아내와 내게 들려주었다.

아버지는 그때 스물아홉이었고, 건물에 전기 시설을 설치하는 일을 했다. 아버지는 공사 하나를 마칠 때마다 술을 퍼마시며 이 주 동안 흥청망청 놀았고, 그다음에는 이틀 동안 몸져누워 회복한 뒤 다시 새 공사를 하러 나갔다. 그렇게 술을 퍼마시던 중, 아버지는 몇몇 친구들과 함께 텔아비브 해변의 루마니아 식당에 갔다. 음식은 별로였지만 술은 좋았고, 연주하던 집시 악단은 환상적이었다. 친구들이 쓰러져 집으로 보내진 다음에도 아버지는 오랫동안 연주자들의 구슬픈 음악을 듣고 있었다. 마지막 손님들이 돌아가고 나이 지긋한 식당 주인이 문을 닫는다고 해도 아버지는 그 악단과 헤어지려 하지 않았고, 몇 마디 칭찬과 약간의 돈 덕분에 집시들에게 그날 밤 자신만을 위한 악단이 되어달라고 설득할 수 있었다. 그들은 아버지와 함께 해변 산책로를 걸어가면서 멋진 연주를 했다. 그러다가 취한 아버지는 소변을 도저히 참을 수 없었고, 악단에게 이런 삼투압적 사건에 잘 어울리는 산뜻한 곡을 연주해달라고 부탁했다. 그다음 아버지는 근처의 담으로 가서 지나친 음주 후에 사람들이 하는 일을 했다. "모든 것이 완벽했단다." 아버지는 다람쥐 볼을 하고서 미소를 지었다. "음악과 경치, 바다에서 불어오는 산들바람까지."

몇 분 뒤, 그 행복감은 경찰차에 의해 방해를 받았다. 소란을 일으키고 허가도 없이 시위를 한 죄로 아버지를 체포하러 온 경찰차였다. 알고 보니 아버지가 소변을 본 담은 프랑스 대사관의 서쪽 담장이었고, 그곳 경비원들이 집시 악단의 활기찬 음악에 맞추어 소변을 보는 남자를 보고 창의적인 정치 시위를 하는 것이라고 생각했던 것이다. 그들은 곧바로 경찰에 신고했다. 경찰은 기꺼이 협조하는 아버지를 차 뒷자리에 밀어넣었다. 좌석은 폭신하고 편안했고, 긴 하루를 보낸 아버지는 잠시 눈을 붙일 수 있는 것이 반가웠다.

아버지와 달리, 집시들은 술에 취하지도 않았고 법을 어긴 것이 없다고 거세게 항의하며 체포를 거부했다. 경찰은 그들을 밀어 차에 태우려고 했고, 엎치락뒤치락하는 와중에 한 악사가 키우는 원숭이가 경찰관을 물었다. 경찰관이 크게 소리를 지르자 아버지가 잠에서 깨어났고, 사람이 궁금할 때면 으레 그러듯이 무슨 일인가 싶어 차에서 바로 내렸다. 아버지는 경찰과 집시들이 다소 우스꽝스럽게 싸우는 광경을 구경했고, 지나가던 사람 몇 명도 걸음을 멈추고 보기 드문 쇼를 지켜보았다. 그들 중에 붉은 머리의 미인이 하나 있었다. 술 기운에도, 아버지는 그녀가 평생 본 사람 중에 가장 아름다운 여인임을 알 수 있었다. 아버지는 주머니에서 전기 공사용 수첩을 꺼냈고, 오른쪽 귀 뒤에 꽂고 있던 연필을 들고 준비 태세를 갖춘 뒤, 어머니에게로 다가가 자신을 에프라임 케레트 형사라고 소개한 뒤 사건의 목격자인지 물었다. 어머니는 겁을 먹고 방금 거기 온 거라고 했지만, 아버지는 인적사항을 적어 나중에 참고인으로 삼겠다고 했다. 어머니는 주소를 알려주었고, 에프라임 형사가 무슨 말을 하기도 전에 성난 경찰 둘이 달려들어 수갑을 채우고 차에 태웠다.

"다시 만나게 될 겁니다!" 아버지는 특유의 낙관적인 태도로 움직이는 차에서 어머니를 향해 외쳤다. 어머니는 두려움에 떨며 집으로 가서 룸메이트에게 연쇄 살인범이 교묘하게 자신의 주소를 알아내갔다고 했다. 이튿날, 아버지는 맨정신으로, 꽃다발을 들고 어머니 집 앞에 찾아왔다. 어머니는 문을 열어주지 않았다. 일주일 뒤, 두 사람은 극장에 갔고, 그로부터 일 년 뒤 결혼했다.

오십 년이 지났다. 에프라임 케레트 형사는 전기 공사 일을 하지 않고, 어머니가 룸메이트 없이 산 지도 오래되었다. 하지만 결혼기념일처럼 특별한 날이면 아버지는 여전히 찬장에서 특별한 위스키, 오래전 없어진 루마니아 식당에서 팔던 것과 같은 위스키를 꺼내 모두에게 한 잔씩 돌린다. "의사가 첫 주에는 액체만 먹으라고 한 건 수프 얘기지, 저건 아니지." 우리 모두 잔을 부딪칠 때 어머니가 내게 속삭인다. "조심해요, 마멜레. 다 들린다니까." 아버지는 이렇게 말하고 부어오른 양 뺨 사이를 위스키 한 모금으로 채운다. "그리고 열흘만 더 있으면 다시 깨물 수 있으니까."

부모님 집에서 택시를 타고 오는 길에 아내는, 부부가 만나게 된 과정을 들어보면 그들이 어떻게 함께 살게 되는지 암시하는 부분이 있다고 한다. "당신 부모님은 화려하고 극단적인 상황에서 만나셨잖아. 그래서인지 두 분 삶은 계속해서 카니발 같았어."

"우린 어때?" 내가 묻는다. 나는 나이트클럽에서 아내를 만나 사랑에 빠졌다. 내가 그만 나가려는데 아내가 들어왔다. 그때까지 우리는 겨우 안면이 있는 정도의 사이였다. "이제 가려고요." 우리가 문 앞에서 서로 맞닥뜨렸을 때, 시끄러운 음악 속에서 나는 이렇게 외쳤다. "내일 일찍 일어나야 하거든요."

"키스해줘요." 아내가 나에게 외쳤다. 나는 얼어붙어버렸다. 나는 그녀를 잘 몰랐지만 늘 수줍어 보였는데, 그런 말을 툭 던지다니 전혀 뜻밖이었다.

"그럼 좀더 있다 가죠." 내가 말했다.

일주일 뒤, 우리는 사귀게 되었다. 한 달 뒤, 나는 아내에게 나이트클럽 입구에서의 "키스해줘요"라는 말이 내가 여자들에게서 들어본 것 중 가장 대담한 말이라고 했다. 아내는 나를 보고 미소를 지었다. "내가 한 말은, 택시가 없을 거라는 말이었어." 아내가 말했다. 내가 잘못 들은 것이 정말 다행이었다.

"우리?" 아내가 택시 안에서 잠시 생각했다. "우리도 만난 상황이랑 비슷하게 살고 있지. 우리 삶은 평범한데, 당신이 항상 더 재미있는 것으로 지어내잖아. 그게 작가가 하는 일이지, 안 그래?"

나는 살짝 비난하는 것 같아서 어깨를 으쓱였다. "그렇다고 싫다는 건 아니야." 아내가 내게 키스했다. "술에 취해서 대사관 담에다 소변을 보는 당신 가족 전통에 비하면, 나는 무난했던 셈이지."

일곱째 해

Year Seven

시바*

어느 날 아침, 할머니의 남동생이 종교를 떠나기로 결심했다. 그는 턱수염을 깎고 옆머리를 자르고 야물커를 벗어버린 뒤, 짐을 챙겨서 고향 바라나비치를 떠나 새로운 인생을 시작하기로 했다. 탈무드의 천재라고들 하는 그곳의 랍비가 그에게 떠나기 전 한번 만나자고 청했다. 할머니의 남동생, 아브라함과 랍비의 만남은 짧았고 별로 유쾌하지 못했다. 랍비는 아브라함이 토라 경전 해석에 뛰어난 학생임을 알고 있었고, 그가 종교를 버린다고 하자 매우 실망했다. 하지만 그는 아브라함에게 그 이야기는 하지 않았다. 다만 그를 노려보면서 그

* Shiva. 부모나 배우자와 사별한 유대인이 칠 일 동안 지키는 복상 기간.

가 토라의 길로 돌아오기 전에는 죽지 못할 거라고 장담했다. 그때는 그것이 축복인지 협박인지 정확히 알 수 없었지만, 그 말을 어찌나 확고한 어조로 했던지 아브라함은 그 말을 잊지 못했다.

그 이야기를 아버지의 시바 동안에 들었다. 형이 내 오른쪽에 앉아 있었고, 누나는 내 왼쪽의 등받이 없는 의자에 앉아 있었다. 누나에게 내 편한 의자를 권했지만, 누나는 괜찮다고 했다. 초정통파인 누나가 엄격히 지키는 유대교 추도 전통에 따르면, 고인의 가족은 조문을 온 사람들의 의자보다 낮은 의자에 앉아야 한다. 우리 맞은편에는 초정통파 도시 브네이 브라크에서 온 먼 친척이 앉아 있고, 시바 동안 우리를 찾아온 다른 사람들처럼 그도 위로를 건네고는, 아버지에 대해 전혀 알지 못했던 새로운 이야기 하나를 들려준다. 아버지 생전에 내가 알던 모습과 다른 면이 얼마나 많은지 놀랍다. 게다가 전에 만나본 적 없는 생판 남들이 아버지가 돌아가신 뒤에 나와 아버지를 더욱 가까워지게 해주는 것도 마찬가지로 놀랍다.

브네이 브라크에서 온 초정통파 친척은 시바 동안 우리집에서 아무것도 먹거나 마시지 않는다. 물 한 잔도 사양한다. 왜냐고 물어보지는 않지만, 그가 유대교의 식사 계율인 카슈

르트와 관련해 우리를 완전히 신뢰하지 않는 것이 분명하다. 그가 하는 것은 이야기뿐이다. 마치 그는 신의 사자처럼 찾아와서, 우리 문 앞에 아버지에 대한 이야기를 하나 더 놓아두고, 차분하게 위로의 말을 전한 뒤 사라진다. 하지만 떠나기 전에 이야기를 마쳐야 한다.

그런데 어디까지 했더라? 아브라함과 랍비의 만남이었다. 할머니의 남동생 아브라함은 폴란드의 예시바 학교를 떠나 이스라엘로 이민 와서 키부츠*에 들어가고 여러 해가 지난 뒤 끔찍한 전쟁을 겪게 된다. 그때는 1973년이었고, 속죄일에 이스라엘을 향한 기습 공격이 시작되었다. 이스라엘군은 불시에 당했고, 전쟁이 시작된 며칠 동안은 모두가 이스라엘과 유대인의 종말이 다가오고 있다고 느꼈다. 아브라함은 시리아로부터 엄청난 폭격을 당하는 지역에 있었고, 사방에서 포탄이 터지는 와중에 그는 일어나서, 멀지 않은 곳 땅바닥에 엎드려 있는 여인에게 이리 와서 자기 옆으로 피하라고 불렀다. 여인이 달려왔고, 엄청나게 자신만만한 아브라함에게 어째서 그 자리가 더 안전하다고 생각하는지 묻자, 아브라함은 자기

* kibbutz. 이스라엘의 농업 혹은 공업이나 첨단산업 등을 기반으로 한 집단 공동체.

근처에는 어떤 포탄도 떨어지지 않을 것이기 때문에 가까이 있어야 한다고 설명했다. "이놈의 전쟁에서 불운한 사람들이 많이 죽을 겁니다." 아브라함은 겁에 질린 여인을 진정시키려고 이렇게 말했다. "하지만 저는 거기 속하지 않습니다." 포탄이 휘유우웅 날아가는 가운데, 여인은 아브라함에게 어떻게 그렇게 확신하는지 물었고, 아브라함은 주저 없이 대답했다. "전 아직 토라의 길로 돌아가지 않았으니까요." 아브라함과 여인은 폭격에서 살아남았고, 여러 해가 지난 뒤 폭풍우로 인해 아브라함이 바다에 빠졌을 때, 구조대가 와보니 그는 물속에서 허우적거리면서 하늘을 향해 이렇게 외치고 있었다. "그래도 당신은 믿지 않아!"

아브라함은 유복한 대가족을 이루었고, 비교적 건강한 상태로 노년에 다다랐지만 그뒤 중병에 걸렸다. 의식을 잃은 뒤, 의사들은 가족에게 그가 하루를 버티지 못할 것이라고 했다. 하지만 그런 날이 계속되었고, 몇 주가 지난 뒤 아버지가 아브라함의 가족을 찾아가 그가 얼마나 힘들어하는지 듣고 기도서와 야물커를 가져다달라고 한 다음, 곧장 병원으로 향해 아브라함의 병실로 들어가 밤새 침대 옆에서 기도했다. 새벽이 되었을 때, 아브라함은 숨을 거두었다.

"신자라면 유대인의 영혼을 위해 기도하는 건 그렇게 어렵지 않습니다." 그 친척은 문 쪽으로 걸어가면서 말한다. "교인으로서야 그렇게 기도하는 건 아주 쉬운 일입니다. 반사 작용처럼, 무의식적으로 기도하게 되지요. 하지만 부친 같은 보통 분이 그렇게 하다니…… 그분은 차디크가 되셨어야 할 분이었습니다."

그날 밤, 조문객이 다 돌아가고 어머니도 잠자리에 든 뒤, 누나, 형, 나만 거실에 남아 있다. 형은 담배를 피우며 창밖을 내다보고, 누나는 아직도 낮은 의자에 앉아 있다. 곧 우리는 모두 어린 시절에 쓰던 방으로 가서 잘 것이다. 부모님은 방 세 개를 그대로 놓아두었다. 마치 우리가 언젠가는 돌아오리라고 생각한 것처럼. 내 방 벽에는 어릴 적 좋아하던 만화책 주인공의 포스터가 붙어 있다. 형의 방에는 침대 머리맡에 세계 지도가 걸려 있다. 누나 방의 벽에는 누나가 십대 시절 수를 놓아 만든 태피스트리가 걸려 있다. 물론, 야곱이 흰옷을 입은 천사와 씨름하는 장면이다. 하지만 잠자리에 들기 전, 우리는 셋만의 시간을 잠시 가지려고 한다. 시바는 내일이면 끝난다. 누나는 예루살렘의 초정통파 지구인 메아 셰아림으로 돌아갈 것이고 형은 태국으로 날아갈 테지만, 그때까지 우리는 차를 함께 마시고, 내가 누나를 위해 가게에서 따로 사다놓은 엄격한 코셔 쿠키를 먹으면서 추도 기간 동안 들은 아버지 이야기를 곱씹어보고, 용서도 비난도 없이 아버지를 자랑스러워할 수 있다. 모든 자식들이 그러듯이 말이다.

아버지의 발자취

그날은 책 홍보 일정을 시작하기 위해 이스라엘에서 로스앤젤레스로 떠나야 하는 날이었고, 나는 가고 싶지 않았다.

아버지가 돌아가신 지 사 주밖에 되지 않았고, 이 여행 때문에 아버지 비석 제막식을 놓치게 될 것이기 때문이었다. 하지만 어머니는 가라고 했다. "아버지는 네가 가길 바라실 게다." 아주 설득력 있는 주장이었다. 아버지는 정말로 내가 그 홍보 일정을 지키기를 원했을 것이다. 아버지가 처음 암 진단을 받았을 때 나는 출장 계획을 모두 취소했고, 아버지는 그 힘든 기간 동안 우리 둘이 함께 있는 것이 얼마나 중요한지 알면서도 출장을 취소한 것을 두고두고 신경썼다.

나는 레브를 목욕시키면서 아버지와 도서 홍보 일정을 생각하고 있었다. 한편으로, 지금 가장 하고 싶지 않은 일은 비행기에 타는 것이었다. 다른 한편, 어쩌면 바쁘게 지내면서 잠시 다른 일을 생각하는 것이 내게 좋을 것도 같았다. 레브는 내가 딴 데 정신이 팔려 있는 것을 감지했고, 욕조에서 꺼내 수건으로 닦아주는 동안 아빠가 출장 가기 전에 마지막으로 난투를 벌일 절호의 기회로 여겼다. 레브는 "기습 공격이다!"라고 외치면서 내 배를 머리로 들이받았다. 내 배는 멀쩡했지만, 레브가 젖은 바닥에 미끄러져 자빠지면서 오래된 욕조 가장자리에 부딪히려고 했다. 나는 본능적으로 움직여 아이 머리가 욕조에 닿기 전에 손으로 받쳐줄 수 있었다.

레브는 거친 모험을 다친 데 없이 마칠 수 있었고, 나도 마찬가지였다. 왼손 손등에 조그만 상처가 난 것만 빼면 말이다. 욕조가 오래되어 가장자리에 갈색으로 녹이 슨 곳이 있었기 때문에, 나는 파상풍 예방주사를 맞기 위해 근처 병원에 가야 했다. 레브가 잠자리에 들기 전에 병원에서 서둘러 돌아올 수 있었다. 이미 파자마를 입고 침대에 누워 있던 레브는 기분이 좋지 않았다. "아빠 주사 맞았어?" 아이가 물었다. 나는 고개를 끄덕였다.

"아팠어?"

"조금." 내가 말했다.

"불공평해." 레브가 외쳤다. "너무 불공평해! 내가 잘못했는데. 아빠가 아니라 내가 다치고 주사를 맞아야지. 아빠는 왜 거기다 손을 넣었어?"

나는 레브를 지켜주려고 그랬다고 대답했다. "알아." 레브가 말했다. "하지만 왜 날 지켜주고 싶었어?"

"널 사랑하니까." 내가 말했다. "내 아들이니까. 아버지는 항상 아들을 지켜줘야 하니까."

"그런데 왜?" 레브가 끈질기게 물었다. "왜 아버지는 아들을 지켜야 돼?"

나는 잠시 생각한 뒤 대답했다. "있잖니." 아이의 뺨을 쓰다듬으면서 이렇게 말했다. "우리가 사는 세상은 가끔 아주 힘들기도 하거든. 그러니까 이 세상에 태어난 모든 사람은 적어도 지켜줄 사람 하나는 옆에 있어야 공평하지."

"아빠는?" 레브가 물었다. "이제 할아버지가 돌아가셨는데 아빠는 누가 지켜줘?" 레브 앞에서 울지는 않았다. 하지만 그날 밤, 로스앤젤레스로 가는 비행기 안에서 울었다. 벤 구리온 공항의 항공사 직원은 작은 가방을 기내에 갖고 타라고 했지만, 그걸 끌고 다니고 싶지 않아서 수화물로 부쳤다. 착륙

한 뒤 기다려도 내 가방이 나오지 않자, 직원의 말을 들어야 했다는 생각이 들었다. 가방 안에 든 것은 별로 없었다. 속옷, 양말, 낭독 때 입으려고 다려서 잘 개어 넣은 셔츠, 아버지 신발 한 켤레뿐이었다. 사실 원래 계획은 아버지의 사진을 가져가는 것이었지만, 어쩌다보니 별 논리적인 이유도 없이, 택시를 타러 내려가기 직전에 아버지가 몇 달 전에 우리집에 두고 간 신발을 가방에 넣게 되었다. 이제 그 신발은 엉뚱한 공항의 수화물 컨베이어 벨트에서 빙빙 돌고 있을 것이다.

항공사에서 내 가방을 돌려주는 데는 일주일이 걸렸고, 그동안 나는 여러 차례 행사에 참여하고 여러 번의 인터뷰를 하면서 잠을 거의 못 잤다. 시차 적응이 좋은 핑계가 되어주었지만, 사실 출장을 오기 전 이스라엘에서도 잠은 잘 자지 못했다. 뉴욕에서 가방과의 감격스러운 재회를 축하하는 뜻에서 뜨거운 물로 오랫동안 샤워를 하기로 했다. 가방을 열자 가장 먼저 눈에 들어온 것은 다린 셔츠 더미 위에 놓여 있는 아버지의 구두였다. 나는 구두를 꺼내 책상 위에 두었다. 속옷을 집어들고 욕실로 갔다. 십 분 뒤 밖으로 나오니 홍수가 나 있었다. 내 방 바닥 전체가 물로 가득했다.

드물게도 배수관에 말썽이 생겼다고, 콧수염이 난 호텔 관리 직원이 폴란드 억양이 강한 영어로 설명해주었다. 가방을 바닥에 둔 탓에 그 안에 든 모든 것이 흠뻑 젖었다. 청바지는 침대에 던져놓고, 속옷은 수건걸이에 걸어둔 것이 다행이었다.

행사장에 태워다주러 올 차가 몇 분 뒤에 도착할 예정이라 겨우 양말 한 켤레를 드라이어로 말릴 새밖에 없었다. 하지만 신발이 웅덩이가 된 방바닥에 놓여 있었으므로 양말을 말려봐야 아무 소용도 없음을 알게 되었다. 기사가 휴대전화로 전화를 했다. 방금 도착했는데 차를 세울 적당한 곳이 없다며 내려오는 데 얼마나 걸릴지 묻는 전화였다. 책상 위에 놓여 있는, 아버지의 마른 구두가 보였다. 아주 편안해 보였다. 그것을 신고 끈을 묶었다. 내게 꼭 맞았다.

잼

바르샤바 카페의 종업원이 내게 여행객인지 묻는다. "사실," 나는 근처 교차로를 가리키며 대답한다. "제 집은 바로 저기랍니다." 그 나라 말도 할 줄 모르는 외국에서 120센티미터 폭의 공간을 "집"이라고 부르는 것이 놀랍다. 하지만 그날 밤 내가 지낸 그 길고 좁다란 공간은 정말 집처럼 느껴진다.

겨우 삼 년 전만 해도 그 아이디어는 바보 같은 장난처럼 느껴졌다. 누가 발신자 정보가 차단된 번호로 내 휴대전화로 연락을 취했다. 상대는 폴란드어 억양이 강한 영어로 자신을 야쿠프 슈쳉스니라고 소개하더니 폴란드의 건축가라고 했다.

"어느 날 말입니다." 그가 말했다. "흐오드나 거리를 걸어 가다가 건물 두 채 사이에 좁다란 틈이 있는 것을 봤습니다.

그런데 그 공간이 저더러 당신에게 거기 집을 지어주라고 하더군요."

"멋지군요." 나는 진지한 목소리로 말하려고 애쓰면서 대답했다. "언제든지 공간이 시키는 대로 하는 게 좋죠."

그 괴상한 대화를 기억 속 "불분명한 장난" 항목 아래 저장하고 치워놓은 지 이 주가 지난 뒤, 슈첑스니에게서 또 한 통의 전화를 받았다. 이번에는 텔아비브에서 건 전화였다. 지난번 대화중에 내가 그의 말을 진지하게 받아들이지 않았다는 정확한 판단을 내려, 직접 만나려고 여기 찾아온 것이었다. 벤 예후다 거리의 카페에서 이야기를 나누는 동안, 그는 내게 내 단편과 똑같이 미니멀리즘에 따라 가능한 한 조그맣게 집을 지어줄 계획에 대해서 좀더 자세히 설명했다. 슈첑스니는 흐오드나 거리의 두 건물 사이에 아무도 쓰지 않는 공간을 보고, 거기에 내 집을 지어주기로 결심했다. 만났을 때 그는 내게 건물 설계도를 보여주었다. 좁다란 3층 가옥이었다.

만남을 마친 뒤, 나는 바르샤바에 지을 집의 컴퓨터 시뮬레이션 사진을 부모님 집에 가져갔다. 어머니는 1934년 바르샤바에서 태어났다. 전쟁이 나자 어머니와 외가의 가족들은 게토로 이주당하고 말았다. 어머니는 어릴 적 부모님과 어린 동생을 부양할 방법을 찾아야 했다. 아이들은 게토에서 좀더 쉽게 빠져나가 식량을 몰래 가져올 수 있었다. 전쟁중 어머니는 외할머니와 동생을 잃었다. 그러고 나서는 아버지도 잃고 세상에 완전히 홀로 남았다.

오래전 어머니는 외할머니가 돌아가신 뒤에, 더이상 싸우고 싶지 않다고, 그만 죽어도 상관없다고 외할아버지에게 말했다는 이야기를 내게 들려주었다. 외할아버지는 어머니에게 죽어서는 안 된다고, 살아남아야 한다고 말했다. "나치는 이 땅에서 우리 가족의 이름을 지워버리려고 하는데, 그것을 살려둘 수 있는 사람은 너뿐이란다." 외할아버지가 말했다. "전쟁을 겪어내고 우리 이름이 살아남도록 하는 것이 네 임무다. 바르샤바 거리를 걸어가는 모든 이들이 그것을 알 수 있도록 말이야." 그로부터 얼마 안 되어 외할아버지는 바르샤바 봉기 때 돌아가셨다. 종전 뒤 어머니는 폴란드의 고아원에 보내졌고, 거기서 프랑스의 고아원으로, 그리고 이스라엘로 보내졌다. 어머니는 살아남음으로써 외할아버지의 소망을 이뤘다.

어머니는 가족과 그 이름을 존속시켰다.

내 책이 번역되기 시작했을 때 작가로서 내가 좀더 성공을 거둔 두 나라는, 어쩐지 놀랍게도 폴란드와 독일이었다. 어머니의 일생에 꼭 맞추어, 그다음에는 프랑스도 그 대열에 합류했다. 어머니는 결코 폴란드로 돌아가지 않았지만, 그녀의 고국에서 내가 성공을 거둔 것은 어머니에게 매우 중요했다. 이스라엘에서의 성공보다 더 중요했다. 내 첫번째 단편집을 폴란드어 번역으로 읽고 난 뒤 어머니가 이렇게 말한 것이 기억난다. "너는 이스라엘 작가가 아니었구나. 타국으로 보내진 폴란드 작가였어."

어머니는 집의 모형 그림을 아주 잠시 보았다. 그리고 놀랍게도 그 거리를 곧바로 알아보았다. 그 좁다란 집은 우연히도 작은 게토와 더 큰 게토를 이어주는 다리가 있던 곳에 지어지는 것이었다. 어머니는 부모님을 위해 식량을 몰래 가지고 들어올 때, 나치 군인들이 지키고 있는 그곳의 바리케이드를 지나야 했다. 빵을 들고서 그곳을 지나다가 잡히면, 그들이 그 자리에서 죽이리라는 것을 어머니는 알고 있었다.

그리고 지금 나는 이곳, 바로 그 교차로에 있다. 좁다란 집은 이제 시뮬레이션이 아니다. 초인종 옆에는 아주 크고 화려한 글씨체로 돔 케레트(케레트의 집)라고 적힌 문패가 달려 있다. 그리고 나는 어머니와 내가 외할아버지의 소망을 이루었다는 느낌이 든다. 내 가족의 흔적이 거의 하나도 남아 있지 않은 이 도시에, 우리 이름이 살아 있으니까.

카페에서 돌아오니 현관에 이웃이 서서 나를 기다리고 있다. 어머니보다도 나이가 많은 여인이 병을 하나 들고 있다. 그녀는 길 건너에 사는데 이 좁다란 집 이야기를 듣고 직접 만든 잼을 가지고 새로운 이스라엘인 이웃을 환영해주러 오고 싶었다고 한다. 나는 감사하다고 인사를 하고 이 집에서 내가 지내는 기간은 짧고, 상징적인 일이라고 설명한다. 그녀는 고개를 끄덕이긴 하지만 내 말을 제대로 듣지는 않는다. 길 가던 청년에게 그녀의 폴란드어를 영어로 통역해달라고 부탁했고 청년은 내 말을 통역하기를 멈추더니, 그녀가 잘 못 듣는 것 같다고 미안한 표정으로 말한다. 나는 그녀에게 다시 한번 고맙다고 인사하고 집으로 들어가려고 한다. 그녀는 내 손을 꼭 잡더니 아주 긴 독백을 시작한다. 영어로 통역하던 청년은 그녀의 말을 따라잡기 힘든 지경이다. "이분 말씀은," 청년이 말한다. "어렸을 때 여기서 멀지 않은 곳에 학교 친구 두 명이 살았답니다. 여학생 둘 다 유대인이라서 독일이 바르샤바를 침략했을 때 게토로 이주해야 했답니다. 그들이 떠나기 전, 이분 어머님이 잼 샌드위치 두 개를 만들어 그들에게 가져다주라고 하셨답니다. 그들은 그 샌드위치를 받고 고맙다고 했고, 그후로 다시는 만나지 못했답니다."

나이든 여인은 청년이 영어로 하는 말이 다 옳다고 확인해 주듯이 고개를 끄덕이고, 청년이 통역을 마치자 몇 문장을 더 보탠다. "당신에게 주신 잼이 이분 어머니가 친구들의 샌드위치에 발라준 것과 똑같은 잼이랍니다. 하지만 세월이 흘렀으니, 당신이 여기서 떠나야 하는 일은 없기를 바라신답니다." 여인은 계속해서 고개를 끄덕이고 눈에 눈물이 글썽인다. 내가 끌어안자 그녀는 처음에는 놀라지만, 곧 행복해한다.

그날 밤, 나는 좁다란 집 주방에 앉아서 차 한잔을 마시며 빵 한 조각에, 후한 인심이 주는 달콤함과 기억이 주는 씁쓸함을 함께 담은 잼을 발라 먹는다. 먹고 있는 와중에 식탁 위의 휴대전화가 울린다. 발신자를 보니 어머니다. "지금 어디니?" 어머니는 내가 어릴 적, 친구 집에 놀러갔다가 늦었을 때처럼 걱정스러운 목소리로 묻는다.

"저 여기 있어요, 엄마." 목이 메어 겨우 대답한다. "바르샤바의 우리집에 있어요."

착한 남자 나쁜 여자

아내는 내가 너무 착하다고 하고, 나는 아내가 아주아주 나쁜 사람이라고 주장한다. 함께 살기 시작한 무렵에 그것 때문에 심하게 싸우기도 했다. 대학교에서 타고 온 택시 기사와 함께 집에 올라왔을 때가 시작이었다. 택시 기사는 소변이 급했다. 아내는 그가 변기 물 내리는 소리에 잠에서 깨어나 옷을 제대로 입지도 않고 거실로 나왔다. 마른 체격의 택시 기사가 욕실에서 나와 바지 지퍼를 올리면서 아내에게 정중하게 "안녕하세요?" 하고 인사했다. 아내는 "어머나"라고 한마디하고는 침실로 도로 달려들어갔다.

기사가 돌아간 뒤 말다툼이 시작되었다. 아내는 알지도 못하는 택시 기사가 화장실을 쓰도록 집에 데리고 오는 건 미친

짓이라고 했다. 나는 그러지 않는 건 야박한 짓이라고 했다. 따지고 보면, 택시 운송이라는 일 자체가 승객의 감정을 배려하는 것을 기본으로 한다. 기사들은 하루종일 화장실도 안 딸린 차로 거리를 돌아다니는데, 그렇다면 어디에다 용변을 보라는 말인가? 트렁크에? 내가 미쳤다는 아내의 주장에 초점을 맞추어 이야기하는 동안에는 상당히 점잖게 대화가 오갔다. 하지만 내가 반대의 가설을 끄집어내자마자, 즉 대부분의 사람들은 택시 기사에게 집 화장실을 쓰라고 할 것이고, 이기적인 사람들, 가령 아내 같은 사람만이 그것이 이상하다고 여길 거라고 하자 데시벨이 올라가기 시작했다.

결국 언쟁은 우리가 같은 질문을 건넬 친구 여섯 명을 고르는 것으로 끝났다. 택시 기사가 화장실을 쓰도록 집에 들인 적이 있는가? 과반수가 그렇다고 대답한다면, 나는 계속해서 기사를 우리집에 들여도 된다. 과반수가 아니라고 한다면, 나는 그 일을 그만둘 것이다. 그리고 동점인 경우, 나는 기사를 우리집에 불러들여도 되지만 아내에게 나쁜 사람이라고 한 것에 사과하고 일주일 동안 아내가 원할 때마다 발 마사지를 해준다.

여섯 명의 친구에게 질문을 했다. 모두 아내 편이었다. 하지만 화장실이 정말 정말 급한 기사의 택시에 타고 있으면 어떻게 하겠는가? 모두에게 그렇게 물어보았다. 그냥 모른 척할 것인가? 택시비를 내고, "거스름돈은 가지세요. 그리고 웅덩이 가운데 앉아 있게 될 때까지 계속 운전하세요"라고 하고? 바로 그때 나는 사람들이 화장실에 가야 할 때를 감지하는 독특하고도 너무나 사소한 능력을 타고났음을 깨달았다. 남들이 화장실에 가야 하는 때가, 아내가 계속해서 부딪히는 은행의 유리문 안처럼 투명하게, 너무나 잘 보이는 것이다. 나머지 인류는 다른 사람의 방광 상태에 전혀 무감각한데도 말이다.

이 일은 십일 년 전의 일이었는데 지난주 금요일, 암논의 결혼식에 참석하느라 키부츠 셰파임으로 가다가 떠올랐다. 암논과 나는 내가 그만두기 전, 같은 체육관에서 이 주가량 함께 운동했다. 내가 그의 이름이 암논인 것을 아는 이유는 오로지, 처음 만났을 때 체육관 주인이 그에게 "이거 보세요, 암논. 데오도란트 좀 써보지 그래요?"라고 말했기 때문이다. 그리고 잠시 후 주인은 이렇게 덧붙였다. "보세요, 에트가르. 이런 냄새라니, 이건 불법 아닌가요?" 나는 체육관 주인에게 아무 냄새도 안 난다고 했고, 그후로 암논과 나는 친구 비슷한 사이가 되었다. 근처 카페에서 그와 우연히 마주치고 결혼식에 초대를 받았을 때, 나는 솔직히 조금 놀랐다. 하지만 그건 소환장이나 마찬가지다—그 봉투가 손에 닿는 순간, 가야만 하는 것이다. 결혼식 초대장이란 그런 것이다. 초대한 사람을 잘 모를수록, 가야만 한다는 의무감은 더 강해진다. 형의 결혼식에 가지 않고 "아이가 가슴이 아프대서 응급실에 데려가느라 못 갔어"라고 한다면 형은 내가 그 중요한 날 진심으로 오고 싶어했으리라고 생각할 테니 내 말을 믿을 것이다. 하지만 잘 알지도 못하는 암논에게 그렇게 말한다면, 당장 거짓 핑계임을 알 것이다.

"당신 체육관에서 만난 냄새나는 남자 결혼식에는 안 가." 아내가 확고한 말투로 말했다.

"알았어." 내가 말했다. "혼자 갈게. 하지만 다음에 우리가 싸우게 되어서 내가 당신한테……"

"또 나더러 나쁜 사람이라고 하지 마." 아내가 경고했다. "그러면 기분 나쁘다고." 그래서 말은 하지 않았지만, 키부츠 셰파임에서 열리는 결혼식에 가는 내내 그렇게 생각한다. 오래 머물지는 못할 것이다. 초대장에는 결혼식이 열두시라고 적혀 있었고, 한시에는 텔아비브의 시네마테크에서 예전에 가르친 학생의 영화 시사회가 있을 것이다.

보통 금요일 정오 무렵에는 차가 막히지 않으니 세파임에서 텔아비브까지 기껏해야 삼십 분이면 간다. 그래서 나는 두 곳 모두 갈 수 있을 것이라고 생각한다. 다만, 이미 열두시 삼십분인데 결혼식이 시작할 기미가 없다는 것만 빼면 말이다. 영화를 감독한 학생은 내게 와달라고 세 번이나 전화를 했다. 좀더 정확히 말하면, 학생은 두 번 전화했고, 내가 알지도 못하는 그 학생 형이 한번 더 전화를 해서 와준다고 한 데 고맙다고 인사했다. "동생은 다른 선생님은 아무도 시사회에 초대하지 않았습니다. 가족과 친구들, 그리고 선생님뿐이랍니다." 나는 그냥 출발하기로 결정한다. 암논은 내가 여기 온 걸 봤고, 이미 축의금도 건넸다.

택시에 타면서 학생에게 몇 분 정도 늦을 수도 있다고 문자를 보낸다. 그는 괜찮다고 한다. 기술적인 문제가 생겨서 시사회가 적어도 한 시간쯤 연기될 것이다. 나는 택시 기사에게 유턴을 해서 결혼식장에 돌아가달라고 한다. 결혼식이 방금 끝났다. 나는 암논과 신부에게 가서 축하 인사를 한다. 암논은 정말 행복한 표정으로 나를 끌어안는다. 아내가 그를 가리켜 "냄새난다"고 한 것은 나쁘다. 그는 훌륭한 사람이고, 감정도 있는 사람이다. 하지만 사실 체취가 강하기는 하다.

그후, 시사회 중에 아내에게서 문자메시지를 받는다. "지금 어디야? 드러커 부부가 기다리고 있어. 곧 안식일이라 예루살렘에 돌아가야 한대." 드러커 부부는 종교에 몸담은 친구들이다. 몇 년 전 우리는 함께 담배를 피우곤 했다. 요즘은 주로 아이 이야기만 한다. 그들은 아이를 아주 많이 낳았다. 그리고 다행히, 아이들 모두 건강하고 귀엽다. 나는 살그머니 출구로 나간다. 학생은 내가 들어오는 것을 보았다. 그거면 됐다. 한 시간 뒤, 훌륭한 영화였다고, 시사회가 끝나자마자 볼일이 있어서 나왔다고 메시지를 보내면 된다. 출구 옆에 그의 형이 앉아 있다. 그는 내가 나가는 것을 본다. 눈에 눈물을 글썽이고 있다. 나 때문에 우는 것이 아니라 영화 때문에 우는 것이다. 온갖 압박감 때문에 나는 영화가 나오고 있는지도 잘 몰랐다. 그가 울고 있다면 분명 좋은 영화일 것이다.

집으로 오는 택시 안에서 기사가 시리아의 폭동에 대해서 계속 이야기한다. 그는 누가 누구와 싸우는 것인지 모르지만, 이 모든 소동에 흥분된다고 한다. 그는 이야기를 주절주절 끊임없이 하지만, 내가 정말로 귀를 기울이는 것은 그의 몸이다. 집에 도착하자 미터기 요금은 38셰켈이 찍혀 있다. 나는 50셰켈 지폐를 건네고 거스름돈은 가지라고 한다. 택시 창문으로 아내가 발코니에서 드로르와 라케페트 드러커와 웃고 있는 것이 보인다. 그녀는 사실 나쁜 사람이 아니다.

파스트라미*

텔아비브 북쪽, 아내 시라의 아버지 댁으로 가는 길에 고속도로에서 공습 사이렌이 들려온다. 시라는 길가에 차를 세우고 우리는 배드민턴 라켓과 셔틀콕을 뒷자리에 둔 채 차에서 내린다. 레브가 내 손을 잡고 이렇게 말한다. "아빠, 좀 긴장돼." 아이는 일곱 살이고, 일곱 살이면 무섭다는 말을 하는 것이 멋지지 않다고 여기는 시기이므로 대신 '긴장'이라는 말이 쓰인 것이다. 군대의 지시에 따라 시라는 길가에 엎드린다. 나는 레브에게 함께 엎드려야 한다고 말한다. 하지만 아이는 땀으로 범벅이 된 작은 손으로 내 손을 꼭 잡고 계속 거기 서

* 향신료로 양념하고 훈제한 가공육.

있다. “어서 엎드려.” 시라가 사이렌이 요란하게 울리는 가운데 음성을 높여 말한다. 레브는 엎드리지 않고, 나도 함께 서 있다.

“파스트라미 샌드위치 게임 할까?” 레브에게 묻는다. “그게 뭐야?” 레브는 내 손을 놓지 않고 묻는다.

“엄마랑 나는 식빵이야.” 내가 설명한다. “그리고 너는 파스트라미야. 우리는 최대한 빨리 샌드위치를 만들어야 해. 시작하자. 먼저 엄마 위에 엎드려.” 내가 이렇게 말하자 레브가 시라의 등 위에 엎드리더니 있는 힘껏 끌어안는다. 나는 두 사람 위에 엎드리고, 내 무게로 짓누르지 않도록 축축한 땅을 손으로 짚고 버틴다.

“기분 좋아.” 레브가 웃는다.

“파스트라미 역할이 최고지.” 아내가 밑에서 말한다.

“파스트라미!” 내가 외친다.

“파스트라미!” 아내도 외친다.

“파스트라미!” 레브가 외친다. 흥분 탓인지 공포 탓인지, 아이 목소리가 떨린다. “아빠,” 레브가 말한다. “이것 봐. 엄마 위로 개미들이 기어가.”

“개미 넣은 파스트라미!” 내가 외친다.

"개미 넣은 파스트라미!" 아내가 외친다. "우웩!" 레브가 외친다.

그리고 쾅하는 소리가 들린다. 큰 소리지만 멀리 떨어진 곳이다. 우리는 아주 오래 꼼짝하지 않고 서로의 위에 엎드려 있다. 체중을 버티느라 슬슬 팔이 아프다. 곁눈질로 보니 엎드려 있던 사람들이 일어나 옷에서 흙을 털고 있다. 나도 일어난다.

"엎드려." 레브가 말한다. "엎드려, 아빠. 샌드위치가 망가지잖아."

나는 다시 엎드리고 있다가 이렇게 말한다. "자, 게임 끝났다. 우리가 이겼어."

"이 게임 좋아." 레브가 말한다. "조금만 더 이러고 있자."

우리는 몇 초 더 그러고 있다. 맨 밑에 엄마, 맨 위에 아빠, 그리고 레브와 붉은 개미 몇 마리는 가운데. 마침내 모두 일어나자, 레브는 로켓이 어디 있는지 묻는다. 나는 폭발이 일어난 곳을 가리킨다. "우리집 근처에서 터진 것처럼 들렸어."

"어휴," 레브가 실망한 목소리로 말한다. "이제 라하브가 조각을 또 찾겠네. 어제는 라하브가 지난번 로켓에서 나온 쇳조각을 갖고 학교에 왔는데, 거기 회사 마크랑 아랍어로 쓴 이름이 적혀 있었어. 그게 왜 이렇게 멀리까지 날아와서 터져야 돼?"

"가까운 곳보다는 먼 곳이 나으니까." 아내가 바지에서 흙과 개미를 털어내며 말한다.

"제일 좋은 건 우리한테는 아무 일도 없을 만큼 멀리, 하지만 조각을 주울 수 있을 만큼 가까이서 떨어지는 거야." 레브가 정리해준다.

"제일 좋은 건 요나단 할아버지네 잔디밭에서 배드민턴을 치는 거야." 나는 이렇게 말해주고 자동차 뒷좌석 문을 연다.

"아빠," 안전벨트를 채우는데 레브가 말한다. "또 사이렌이 울리면 아빠랑 엄마랑 같이 또 파스트라미 게임 한다고 약속해."

"약속해. 그게 지루해지면 그릴드 치즈 게임 하는 법도 알려줄게."

"좋아!" 레브는 이렇게 말하더니, 잠시 후에 조금 더 진지하게 덧붙인다. "그런데 사이렌이 더 안 울리면 어떻게 해?"

"한두 번은 더 울릴 거야. 걱정 마." 나는 아이를 안심시켜준다. "그리고 만약 안 울리면," 아내가 앞좌석에서 말해준다. "사이렌 없이도 게임은 할 수 있지."

초판 1쇄 인쇄 2018년 11월 21일
초판 1쇄 발행 2018년 11월 28일

지은이 에트가르 케레트
옮긴이 이나경
펴낸이 고미영

책임편집 이승환
모니터링 이희연
디자인 이보람
마케팅 정민호 한민아 최원석 우상희
홍보 김희숙 김상만 이천희
제작 강신은 김동욱 임현식
제작처 영신사

펴낸곳 (주)이봄
출판등록 2014년 7월 6일 제406-2014-000064
주소 10881 경기도 파주시 회동길 210
전자우편 yibom01@gmail.com
팩스 031-955-8855
문의전화 031-955-1909

ISBN 979-11-88451-32-6 03890

• 이 도서의 국립중앙도서관 출판예정도서목록(CIP)은 서지정보유통지원시스템 홈페이지(http://seoji.nl.go.kr)와 국가자료공동목록시스템(http://www.nl.go.kr/kolisnet)에서 이용하실 수 있습니다.
(CIP제어번호: CIP2018034332)
• 잘못된 책은 구입하신 곳에서 바꿀 수 있습니다.

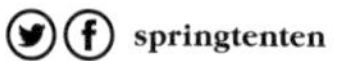 springtenten  yibom_publishers